SOLUÇÃO DE DOIS ESTADOS

MICHEL LAUB

Solução de dois Estados

1ª reimpressão

COMPANHIA DAS LETRAS

Copyright © 2020 by Michel Laub

Grafia atualizada segundo o Acordo Ortográfico da Língua Portuguesa de 1990, que entrou em vigor no Brasil em 2009.

Capa
Raul Loureiro

Imagem de capa
Carteira de identidade (auto polegar direito), de Rubens Gerchman (Rio de Janeiro, RJ, 1942 — São Paulo, SP, 2008), 1965, acrílica sobre tela, 110 x 135,5 cm. Coleção MAM, fundo para aquisição de obras para o acervo MAM-SP — Pirelli. Reprodução de Renato Parada. Imagem licenciada pelo Instituto Rubens Gerchman.

Preparação
Lígia Azevedo

Revisão
Márcia Moura
Adriana Bairrada

Os personagens e as situações desta obra são reais apenas no universo da ficção; não se referem a pessoas e fatos concretos, e não emitem opinião sobre eles. Algumas passagens foram tiradas de textos e vídeos reais, que o autor distorceu para efeitos de ficção.

Dados Internacionais de Catalogação na Publicação (CIP)
(Câmara Brasileira do Livro, SP, Brasil)

Laub, Michel
    Solução de dois Estados / Michel Laub. — 1ª ed. — São Paulo : Companhia das Letras, 2020.

    ISBN 978-85-359-3379-6

    1. Ficção brasileira I. Título.

20-40723 CDD-B869.3

Índice para catálogo sistemático:
1. Ficção : Literatura brasileira B869.3
Cibele Maria Dias – Bibliotecária – CRB-8/9427

[2021]
Todos os direitos desta edição reservados à
EDITORA SCHWARCZ S.A.
Rua Bandeira Paulista, 702, cj. 32
04532-002 — São Paulo — SP
Telefone: (11) 3707-3500
www.companhiadasletras.com.br
www.blogdacompanhia.com.br
facebook.com/companhiadasletras
instagram.com/companhiadasletras
twitter.com/cialetras

MATERIAL PRÉ-EDITADO

Alexandre

É que para entender o contexto... Cento e cinquenta milhões na época. Dados do Censo, inclui os velhos, o cara sem os dois rins e tem lá a continha dele... Aí você pega essa massa toda. Uns bezerros. *Venha tomar um café com o nosso gerente, você pode usar coisas de YouTube?*
[...]
Isso tem tudo no YouTube. Um cara na equipe, Ibrahim Eris. Presidente do Banco Central. Chamavam ele de *o Turco*. O Plano Collor foi em março de noventa, fizeram um bloqueio de todas as contas por dezoito meses, deixaram cada um tirar só um troco de feira, aí botam quem para explicar. O Turco diz *regra aplicado. Juros pro rata temporis.* Você não sabe se ri ou chora, na entrevista um não fala português, a ministra é uma débil mental... O nome da ministra era Zélia Cardoso de Mello, sabe como eles decidiram quanto cada cidadão podia tirar da conta? Esses caras. Num *sorteio*. Botaram os números num papelzinho e *jogaram para cima*.
[...]

É sempre fácil pegar uma versão... Como se fosse só um bando de cangaceiros. Zélia e Ibrahim fazem um sorteio e nós rimos trinta anos depois, hã? O governo Collor tinha fraude em tudo que era canto, merenda, cachorro na veterinária em carro oficial, isso aqui é uma putaria desde as caravelas, mas olha o *projeto*. Sabia que durante o confisco os bancos continuavam emprestando ao governo, e o governo pagava juros inteiros enquanto a inflação era maquiada? Quanto desse lucro com juros eles repassaram para os bezerros dezoito meses depois? É só ver o caso do meu pai. O meu pai era dono de uma fábrica. Uma metalúrgica pequena, vinte e sete funcionários.

[...]

O meu pai soube do Plano Collor em casa. O Jornal Nacional começa às oito e pouco. É o jornal mais importante daqui, eles apoiavam o governo. Todos os canais apoiam o governo porque são apoiados pelos bancos. Todos os ministros que deixam o cargo vão trabalhar num banco. O jornal mostrou a entrevista do Turco, ele disse que não tinha confisco nem calote, *nós estamos dando um chance para o sociedade brasileira*, aí o meu pai ouve isso e levanta... Ele pega a tevê. Era uma tevê de tubo grande, nem sei como ele teve força para carregar. Ele ia jogar a tevê contra a parede, mas perdeu o equilíbrio.

[...]

Tinha uma mesa de vidro atrás dele. Eu estava no quarto essa hora. Levou o quê, uns dez segundos entre eu pular da cama com o barulho e ir até a sala e entender... Os cacos, tudo espalhado no tapete. O detalhe é que a tevê não quebrou, a extensão tinha um cabo longo, e na hora que eu cheguei entrou o intervalo do jornal... O primeiro anúncio era de molho de tomate. Uma lata homem, outra mulher. Um coraçãozinho quando elas começavam a dançar, era a época da lambada.

[...]

Eu tinha quinze anos nessa época. Para você ver como é a memória, as pessoas passam a vida lembrando uma frase, um brinquedo de trinta anos atrás, mas às vezes é o contrário. É o que a pessoa *não* viu, o que ela *não* fez. Você vai falar com a minha irmã, ela vai enrolar você porque é a especialidade dela, mas de algumas coisas não dá para fugir. Existem informações, por exemplo, mostra o anúncio de molho... Pergunta para ela, essa lambada diz algo para a princesa? Esse coraçãozinho. O que a princesa sabe do Ibrahim Eris? Pergunta se a minha irmã tem ideia de como ficou a casa nos anos seguintes, é fácil falar quando outro é que enfiou o braço na merda.

Raquel

Você trabalha com isso, sabe como funciona. Esses dias eu vi um programa de entrevistas, tinha um rapaz na cadeira de rodas porque tomou um tiro de um vizinho e eu pensei, e se ele ficasse o tempo todo em silêncio? Faz a primeira pergunta, ele não responde. Faz a segunda, a terceira, ia ser curioso porque uma fala sobre ódio também é uma fala sobre o objeto do ódio. Esse objeto causa uma reação ao ser olhado. Isso também faz parte, na verdade é o que melhor explica o processo todo, então eu imaginei como seria se a gente começasse assim. Pelo menos no início, nenhuma retórica. Nenhum truque, nenhuma palavra de enfeite.

[...]

Já pensou? Começa com uma imagem do meu rosto, acho que você ainda pega o contorno das marcas. Não os hematomas como estavam, mas mesmo assim. O meu nariz ficou um pouco torto também, dá para ver ainda? Se não der, eu tenho uma cicatriz em cima do peito. Cinco centímetros, da axila até quase a altura do mamilo. Quer que eu baixe a blusa e mostre?

[...]
Aqui. Todos os dias eu olho para isso. É a primeira coisa que eu faço quando acordo, antes de ir ao banheiro, eu paro na frente do espelho que tem ao lado da minha cama e olho. Como você está olhando. Como o seu público.

[...]
Sabe por que falar de ódio pode ser só um enfeite? Porque no fim o que vale é o efeito concreto, físico. Meu corpo está assim por um motivo. O motivo surge porque meu corpo é assim. Não é só o rosto e a cicatriz, eu posso ficar de pé e virar de costas, depois de frente, mas você sabe o que é fazer isso depois do que aconteceu? O que já era fazer isso antes de acontecer? É por isso que eu pergunto, além da humilhação de estar desse jeito eu ainda preciso contar a história toda de novo? Fazer todo o esforço, estar num dia bom para ser convincente. Não omitir nenhum detalhe. Não errar o tom. Não dar mais chance a quem quer acabar comigo usando um lapso, uma contradição qualquer sem importância.

Raquel

Por exemplo, o cenário. Isso foi filmado da quinta ou sexta fila, mas são muitos lugares atrás, seiscentas pessoas se o auditório estiver lotado. Ou será que tinha lugares vagos, e talvez fossem quinhentas e oitenta pessoas, ou quinhentas e cinquenta? Esses números fazem diferença para a minha credibilidade? E se eu disser que importa é a visão contrária, a que eu tinha do palco? Não dava para ver toda a plateia, as luzes eram mais fracas no fundo, mas eu acho que dá para dizer sem erro que era muita gente.
[...]
Dá para dizer um monte de coisas sobre aquele dia. Seis de fevereiro de dois mil e dezoito. A não ser que você ache que é questão de sorte e azar, um mero acaso esse homem vir falar comigo antes de eu subir ao palco, e seiscentas pessoas verem o que ele fez comigo em cima do palco, e não ter nenhuma segurança nas primeiras filas, nem nas filas do meio, nas do fundo, nenhuma das seiscentas pessoas se deu ao trabalho de tentar encontrar um enquanto eu apanhava.

[...]
Se você entrevistar cada uma das seiscentas pessoas, elas vão dizer que são menos culpadas que o homem. Talvez até que não têm culpa nenhuma, afinal elas só saíram de casa para assistir a uma série de debates. Um simpósio de gente bem-intencionada. Um encontro de cidadãos exemplares no Hotel Standard, a dois quarteirões da avenida Paulista, como é que elas vão imaginar que uma das palestrantes ia levar uma surra na frente delas?
[...]
O homem que me bateu usou uma barra de ferro. A barra de ferro era preta. Quer mais algum detalhe? Esse foi o primeiro golpe, na altura do peito. A barra tinha uma ponta, como se fosse um prego na parte lateral, é essa a cicatriz que você viu. Como ninguém fez nada quando a surra começou, ele criou coragem para dar um segundo golpe no rosto. O golpe foi amortecido porque eu botei a mão na frente, se não fosse isso talvez eu estivesse morta, e mesmo assim teve força para entortar o meu nariz, esse que você viu também.
[...]
Quando ele deu o segundo golpe eu caí. É uma coisa instintiva, eu me encolhi preparada para ele dar mais um golpe, depois largar a barra de ferro, foi aí que ele passou a usar as mãos e os pés, dar socos e chutes para que eu terminasse de apanhar como uma, que palavra eu posso usar, qual a comparação certa? Ou seja, num relato verossímil para quem me ouve contando. Para quem me vê enquanto eu estou contando. Para quem faz uma relação entre o que é contado e o corpo de quem conta. É mais correto eu dizer que apanhei como uma cadela, uma galinha ou uma vaca?
[...]
Eu acho *vaca* a palavra certa. Porque é isso que uma mulher gorda sempre vai ser. Uma vaca é uma vaca é uma vaca, no Ho-

tel Standard ou em qualquer lugar, em dois mil e dezoito ou em qualquer época, essa é a primeira coisa que vem à cabeça quando o assunto sou eu. A primeira palavra. As primeiras variações dessa palavra, vaca leiteira, vaca premiada, vaca mocha.
   [...]
   Foi o que o homem que me bateu disse. *Quer apanhar, Vaca Mocha?* Não precisa ser linguista para saber o motivo, a polícia mesmo cansa de usar esse recurso. Você pode investigar um crime a partir de algo escrito ou falado, o computador identifica padrões de vocabulário, gramática, sintaxe, dá para traçar a biografia inteira de um criminoso assim.

Alexandre

Quando alguém liga a câmera é isso, ai eu sofri mais que você. Não, quem sofreu fui eu. O Big Brother do sofrimento, em dois minutos a minha irmã vira o seu filme ao avesso, mas o que são dois minutos perto da humilhação... Quem estava em casa era *eu*. O Plano Collor foi em março de noventa. A metalúrgica faliu em janeiro de noventa e um. O meu pai botou dinheiro para tentar evitar a falência, quatro salas comerciais, era o que ele tinha de imóveis depois de quarenta anos de trabalho... Mas uma coisa é ouvir as notícias por telefone.
[...]
Uma coisa é a minha irmã ficar sabendo de tudo depois. Pergunta se alguém contou para ela sobre a mesa quebrada. A cena toda, eu e a minha mãe. Imagina o meu pai com a filha na Europa, essas ligações eram aos domingos, o meu pai nunca disse filha, o Plano Collor me fez dar esse vexame. Eu queria jogar a tevê na parede, mas perdi o equilíbrio e derrubei a tevê na mesa. Eu deixei a sua mãe e o seu irmão me verem caído, no meio dos cacos de vidro. O meu pai de meia, com dois cortes no

braço. A camisa para fora das calças. Ele resumia de outro jeito para a minha irmã porque claro que nunca ia admitir... Nessa época, você não tem ideia. A inflação antes do confisco era mil por cento ao ano. Três meses depois todo mundo já sabia que a inflação ia voltar, mas o meu pai nunca ia dizer para a princesa...
[...]
Tinha essa coisa do orgulho, a princesa tinha que ser protegida na Europa. O meu pai veio do zero, fez a metalúrgica sozinho, na época os jornais tinham cadernos de classificados... Dá para contar a história só por esses anúncios, eu pegava o jornal depois da falência e via o que ele tinha marcado. Primeiro eram vagas tipo superintendente para a região sudeste. Ele fazia um círculo com caneta vermelha. Diretor administrativo. Diretor de compras. Depois era representante, vendedor. Mas não tinha como, ninguém está interessado num ex-dono de empresa quebrada com sessenta e um anos.
[...]
O meu pai nunca acordou tarde na vida. Mesmo em noventa e um ele continuou fazendo a barba. Ele tomava café de camisa social, o cara morre do jeito que viveu. É uma questão de coerência, eu lembro do meu pai tomando café nesses dias, as entrevistas de emprego que às vezes apareciam... Ele de gravata. Sete e meia da manhã e já todo suado. A pele toda vermelha. O que o meu pai comia, almoço, jantar, se você quer saber o que eu penso hoje quando lembro dele... A morte dele foi em noventa e dois. Um dia eu cheguei em casa e ele estava no chão da cozinha. O barulho do relógio de parede, aí eu olhei para ele caído... O *empresário honesto*, a vida toda pagando imposto para esses merdas. Catorze horas por dia, os merdas roubando em cima da falência dos outros, mas o meu pai tinha isso da coerência.

Alexandre

O meu pai nunca fez um checkup. Não lembro de ele ir ao médico alguma vez, agora você vai dizer que isso não tem relação... Digo, o jeito como você se cuida. Numa hora dessas, depois de um estresse como o da falência, não precisa ter sessenta e um anos. Pega o meu caso mesmo, o vestibular foi no fim do ano que ele morreu, a prova em si já é um esforço, tem um jeito específico... Um treino. O emocional não é só na hora. Estou falando das condições em que o cara estuda, sem o Plano Collor e a morte do meu pai eu teria feito cursinho em noventa e dois, várias provas em várias faculdades. Públicas, privadas. Dez vezes se precisasse.
[...]
No início eu queria administração de empresas. Mas uma coisa é ir mal na prova e ficar triste... Compara a situação. A minha irmã foi para o exterior quando terminou o colégio, *dezoito anos de idade*, o primeiro semestre só para estudar inglês. O segundo para pensar no que fazer da vida. Ai, eu sou a princesa e decidi fazer escolinha de artes. Fazer a escolinha preparatória

para a escolinha de artes, tudo pago e eu vou fingir... Eu vou aceitar porque finjo que o papai é rico como antes da merda toda.

[...]

Quando o meu pai morreu eu cuidei de todos os papéis. Eu levei ele para o hospital já morto. Eu dormi num banco de plástico, quando a minha irmã chegou para o enterro já estava tudo preparadinho. Você passa quarenta e oito horas nessa função, hospital, funerária, o meu pai não deixou testamento, não passou nada para o nome de ninguém porque não queria ser acusado... Tem essas coisas em falência, fraude a credores. Fraude à execução. Nem as joias que ele deu para a minha mãe...

[...]

Ele deu as joias antes do casamento, mas estava tudo declarado também. A metalúrgica pagou os vinte e sete funcionários, cuidou de cada família, e mesmo assim é um banquete de carniça. O número de documentos que você tem que juntar. O Brasil é o país do documento, tem um roubo incluído sempre, todo imposto, lei, é tudo feito para roubar, e a minha mãe estava tão fora de qualquer... Deram tanto remédio para ela nessa época, eu dizia mãe presta atenção, e ela não entendia nada. Eu tocava no nome do meu pai e ela caía no choro. Eu falava da conta conjunta deles, do apartamento, mas era tocar no assunto e a minha mãe entrava numa espiral... Ela ficava lembrando da lua de mel. De não sei qual aniversário do meu pai. Da música que ela ouvia com o meu pai não sei quantos anos antes.

Alexandre

A minha mãe só trabalhou até casar. Ela era arquivista, teve uma vida boa até o meu pai falir e morrer. Eu só fui entender na época da falência, a vida toda dedicada ao marido, aos filhos, foi por isso que meu pai me escolheu. Ele organizou tudo para isso, esperava que eu cuidasse de tudo e eu cuidei.

[...]

Se você quer ter autoridade para falar, comece pelo próprio rabo. Eu decidi tentar só a faculdade pública, era o mínimo que eu podia... Digo, para não ser o *segundo* parasita da casa. Mas aí não é só uma questão de inteligência. Eu dormia mal, você já tentou estudar com o sono atrasado, com a quantidade de coisas... Depois que o seu pai morre, tudo nas suas costas? É óbvio que prejudicou no primeiro vestibular que eu fiz. No segundo. Uma coisa é você pensar que poderia tentar uma *terceira* vez, só que as coisas do colégio vão ficando para trás. Geografia. Até o jeito como você estuda, o cara vai esquecendo os nomes, os macetes... Química. Português. Você com menos concentração e paciência, e aí chega uma hora... Tem uma coisa de sorte mesmo.

[...]
Tem coisas que acontecem por acaso e fazem você abrir os olhos. O que teria mudado se eu tivesse um diploma de administração de empresas? Talvez eu usasse outro vocabulário. Todo pilantra faz isso, médico. Advogado. Artista então nem se fala, é um arroto de vocabulário atrás do outro, aí você espreme e o que tem por baixo... Ai, como eu sou sensível. A *expressão interior*. No que a sensibilidade da expressão interior da minha irmã ajudou a minha mãe depois da morte do meu pai? Desculpa, mas isso é um fato. Existem coisas concretas na vida. Por exemplo, você está fazendo uma entrevista comigo neste momento. Tem uma câmera atrás de você. A gente está em abril de dois mil e dezoito.
[...]
Porque tem coisas que são concretas. A minha mãe estava há vinte anos sem trabalhar, as pessoas falam das mudanças de agora, como se dois mil e dezoito fosse a primeira vez na história... Em noventa e dois já tinha computador. Tinha fax, caixa eletrônico. Passa vinte anos fora do mercado, até parece que estou falando novidade... A minha mãe não tinha nem cinquenta nessa época, mas eu lembro de como era tentar ensinar para ela... A cara dela quando eu falava de trabalho, de coisas práticas, tem gente que fica assim muito cedo. Você vê o cansaço na cara da pessoa. A pessoa começa a morrer é de cansaço. Depois da morte do meu pai a minha mãe se apegou a objetos, as joias que meu pai deu de casamento estavam num cofre. Ela tomava antidepressivo, tinha um analgésico para dor nas costas, e aí a pessoa começa a beber durante o dia... As joias estavam numa caixa daquelas antigas, atrás da porta dava para ouvir o choro, ela cantava Julio Iglesias, essas eram as músicas dela com o meu pai.
[...]
A minha mãe cantava Julio Iglesias para a caixa de joias. Pois

é. A sensibilidade da expressão interior não muda isso. Eu nunca na vida vi o meu pai cantando música nenhuma, mas você vê como cada um tem uma versão... E como quem está fora consegue *enxergar*. O meu pai não podia adivinhar que ia morrer, digo, morrer de repente, num dia de março de noventa e dois, às cinco da tarde. Mas ele podia imaginar como seria depois que ele morresse. São essas conversas que o cara tem. Todo mundo já falou assim, o dia que eu não estiver aqui você por favor faça isso, faça aquilo, por que eu não ia dar crédito para ele?
[...]
Por que eu vou duvidar dessa previsão dele? Se eu estava enxergando também. Ele me dizia, se eu morrer eu quero que você cuide da sua mãe e da sua irmã. Se ele não tinha essa intenção, por que não dizia o contrário, para as duas cuidarem de mim?
[...]
Ele me deixou a par de cada centavo. A gente tinha basicamente o apartamento, as joias, uma conta com um dinheiro que ele conseguiu recuperar depois da rapinagem do Collor. Era muito menos dinheiro que antes, claro. Metade foi para pagar as dívidas que ele fez no confisco. Essas linhas de crédito, cheque especial, adivinhe se o juro que eles cobravam era maior ou menor do que a correção do dinheiro bloqueado?
[...]
É isso que eu digo sobre enxergar a situação. Eu passei dois anos estudando para o vestibular, morando com uma pessoa de cinquenta anos que bebia à tarde. Que tomava os remédios que encontrasse pela frente. Nenhum médico foi capaz de acertar a dose dos remédios da minha mãe. Nenhum médico acerta nada nunca. Eu nunca conheci um médico que não fosse pilantra, ninguém me ajudou em nada naqueles anos, eu nunca recebi um obrigado que fosse.

[...]
Como você acha que era toda vez que eu tentava falar com a minha mãe sobre a Raquel? Eu posso garantir que não adiantava dizer, mãe, pensa bem, quem sabe a princesa trabalha meio turno. Num café que seja, será que a gente tem que mandar o dinheiro da escolinha preparatória, depois da escolinha de arte, e ainda pagar todas as contas? O aluguel da princesa. Os livros que ela compra. As viagenzinhas que ela faz para ver o museuzinho não sei em que cidade da Europa. A minha irmã não pode nem saber que o pai vendeu quatro salas comerciais para pagar as dívidas com os funcionários? Que a poupança depois do confisco é metade do que era? Que nesse ritmo a gente vai parar na sarjeta porque ela acha que tem tudo grátis para sempre?
[...]
Quer achar que estou remoendo... Digo, *é* questão de dinheiro, mas não como as pessoas acham. A minha irmã vai contar a versão que quiser, mas tem coisas que não se resumem à sensibilidade da expressão interior dela. Liga a câmera. Eu e a Raquel no Big Brother. Até um otário reage alguma hora, as conversas que a gente teve... Todas as conversas, os anos noventa inteiros. O que a minha irmã dizia quando eu fazia essas perguntas básicas, como é que a gente vai manter esse padrão de vida? Como a gente vai sustentar a nossa mãe? A velhice da nossa mãe, o futuro meu e da princesa, é impossível ser razoável com uma pessoa que está ali para foder com a sua vida. Que acha que você fodeu a vida dela antes, sei lá como e por quê. Isso está só na cabeça dela, mas como o cara lida com alguém assim?

Raquel

Quando alguém chama uma mulher de galinha, por exemplo. Ou de cadela. Ou de porca. A palavra pode remeter a muita coisa, gênero, sexo, a faixa etária de quem escolhe a palavra, a cidade onde a pessoa estudou e assim por diante.

[...]

Com *vaca* é a mesma coisa. Bota a palavra no Google, olha quantas variações aparecem. Se alguém diz vaca leiteira é uma coisa. Vaca premiada é outra. Agora, vaca mocha você só encontra num caso específico. O significado desse termo é vaca que não tem chifres, tem gente no campo que fala assim, é um termo usado em fazendas, no Sul, mas uma criança em São Paulo nos anos oitenta só vai ouvir isso num programa chamado Sítio do Picapau Amarelo. Esse programa era baseado na obra de um escritor daqui, Monteiro Lobato. Era um tipo de literatura de fantasia, tinha uma boneca que falava, um marquês que era uma espiga de milho, um jacaré que era uma bruxa.

[...]

A Vaca Mocha dava o leite para o bolo que as crianças do

sítio comiam. Quem fazia o bolo era uma personagem chamada Tia Nastácia. Tem toneladas de estudos sobre isso, porque a Tia Nastácia era negra e uma espécie de escravizada, e o Monteiro Lobato tem uns duzentos textos em que defende é isso, a escravidão, mas para mim o Sítio do Picapau Amarelo vai ser sempre algo ainda pior.

[...]

Para mim, Monteiro Lobato sempre vai ser o inventor do meu apelido. Na escola eles me chamavam de Vaca Mocha porque é isso que uma gorda de doze anos pode ser. Teve o pacote completo, uma vez eu fui com uma camiseta amarela e disseram que eu tinha comido muita polenta. Em outra eu comprei bolo na cantina e disseram que eu tinha dado leite para mim mesma. Existe uma frase conhecida, importa é o que você faz com o que fizeram de você, mas pense nessa cena, a cantina lotada. Eu já tinha peito aos doze anos. Os meus peitos ficaram ainda maiores depois, com treze, catorze. Eu tinha barriga também, essa é a época em que o corpo deixa de ser neutro, você sabe que a infância acabou quando o primeiro coleguinha aponta o dedo para você. Você entende porque já se olhou no espelho. Eu tenho a genética do meu pai e sou assim. O meu irmão tem a genética da minha mãe e não é assim. Bem-vinda ao que o mundo pensa sobre como a vaca mocha deve ser tratada, a partir daí tem risinho, musiquinha sobre polenta e bolo, bem-vinda aos anos em que você não vai pensar em outra coisa além de um quilo de polenta na panela, um balde com dois litros de leite.

[...]

Era uma musiquinha. *Um quilo de polenta na panela. Um balde com dois litros de leite.* É até engraçada essa história do Alexandre, o modelo que ele escolhe para contar. É um filme hollywoodiano, tem a apresentação do personagem, o conflito, a queda, o herói que recomeça do zero para vencer e dar lições de superação aos outros. Mas ele escolhe os fatos que quer usar, óbvio. Ele começa tudo depois, no Plano Collor. Não fica mais fácil assim? Nenhum comentário sobre a infância, por exemplo, uma época toda que sumiu. A musiquinha da Vaca Mocha, por exemplo, eu posso apostar que ele não vai dizer como isso se estendeu, por quanto tempo.

[...]

Tem uma coisa óbvia nisso. Pense em dois tipos de pessoa, a primeira tem o seguinte dilema. Essa pessoa come alguma coisa, não precisa ser polenta nem bolo, pode ser uma fruta, uma alface, ou então ela passa fome mesmo, um mês resistindo até que um dia ela não consegue porque todo recreio vê os coleguinhas na cantina e é impossível que algum dia a pessoa não entre na fila de novo. Então essa pessoa come, na cantina tem pastel, uns doces que nem sei se fabricam mais, era só açúcar e corante, mas não importa, qualquer coisa que a pessoa bote na boca é como se fosse um quilo de polenta, um bolo feito do leite que vem dela mesma. A pessoa sabe muito bem os versos que complementam a musiquinha, os colegas sabem que a pessoa sabe, então não seria surpresa isso ser dito mais uma vez, e mesmo assim a pessoa tem medo que digam em voz alta.

[...]

Ou então é o contrário, como uma vertigem, digam logo, acabem com essa agonia. Um quilo de polenta na panela, um balde com um litro de leite, *o bolo do leite dela, a pança não é enfeite.*

[...]

Até que eram versos bons. Eu mesma me impressiono que tenham elaborado isso naquela idade. Eu mesma às vezes cantava quando estava sozinha, no banho, só eu podia ouvir e olhar para os meus peitos e a minha pança, quanta polenta e leite eu consigo guardar aqui dentro, e como você acha que uma história dessas termina?

Raquel

Você acha que esse tipo de história termina? Passam uns anos e os colegas param de dizer na sua cara, óbvio, mas dão um jeito de dizer à distância. Quando eu tinha catorze eles começaram a ligar para a minha casa, do outro lado sempre tinha um colega tentando fazer a voz de alguém mais velho. Dava para perceber porque a voz era fina e tentava parecer grossa, com uns risinhos atrás, todo dia era um mugido assim, *vaca mooooocha, vaca mooooocha.*

[...]

Não tem como isso não ser o assunto da família. Eu lembro do meu pai na hora do jantar. O meu pai tinha essa coisa prática, ele tinha sido pobre na infância e achava que bastava *iniciativa*, a vida dele era uma prova disso, então ele resolveu que ia agir sem me consultar. Porque não adiantaria eu pedir, implorar para ele não se meter, quantas vezes um pai consegue entender o que está acontecendo com a filha de catorze anos?

[...]

Ou seja, como eu ia dizer para ele, pai, olha só, deixa eu

explicar, os meus colegas dizem que eu sou a Vaca Mocha porque na verdade eu sou mesmo a Vaca Mocha. É isso que eu canto para mim mesma no chuveiro. Os colegas me odeiam, mas eu me odeio mais ainda.

[...]

Olha só, pai, eu tenho os mesmos genes que você. Você pode ter a sua fábrica, tudo o que você conseguiu com a sua iniciativa. Tudo o que você fez e vai continuar fazendo por sua família. O seu jeito de demonstrar orgulho pela filha que você acha que é uma princesa, mas na verdade é uma vaca mocha, assim como você acha que é o self-made man, mas no fundo é só o pai da Vaca Mocha. Uma versão adulta da Vaca Mocha. A versão masculina de cento e trinta quilos que mal consegue caminhar, e obviamente não tem noção de como as coisas funcionam na escola onde a filha estuda.

[...]

Mas é claro que eu não disse nada. E o meu pai foi à escola sem avisar ninguém. Nem a minha mãe ficou sabendo, ele informou nós duas só depois, num daqueles jantares, ele estava comendo e disse, hoje à tarde eu fui falar com a sua professora.

[...]

Ele não disse *coordenadora*. Essa mulher que cuidava da quinta à oitava série, o primeiro grau, era assim que se chamava na época. O nome dela era Sônia, mas ele não disse *hoje à tarde eu fui falar com a Sônia*, nem *hoje à tarde eu fui falar com a coordenadora do primeiro grau*. Ele disse *hoje à tarde eu fui falar com a sua professora*. Isso já dá um retrato do quanto ele estava informado. Do cuidado que ele tomou antes de interferir. Da delicadeza ao tratar da coisa mais importante da vida da filha.

[...]

No dia seguinte a Sônia também teve uma ideia. Ela não me chamou na sala dela, não teve nenhuma conversa particular. O que ela fez foi bater na porta da minha sala de aula, pedir licença para a professora, a professora estava sabendo daquilo, óbvio, e então a Sônia entrou. Eu sentava na terceira fila. A Sônia disse que tinha um assunto para tratar e olhou para mim. Eu soube na hora. Você sabe na hora, o futuro passa na sua frente, é um calafrio.

[...]

Isso foi no fim de setembro. Dia vinte e três de setembro. Pense em quanto tempo pode durar o inferno, o que significa um dia aos catorze anos, na proporção. Uma semana, o que isso equivale em termos emocionais. Quantos debates sobre a minha situação, cada aluno discutindo os detalhes do trote contra a Vaca Mocha da oitava série, que era consequência das músicas sobre a Vaca Mocha da sétima e da sexta série, uma história que todo mundo sabia há tanto tempo, mas que por algum milagre da hipocrisia nunca tinha chegado aos ouvidos da Sônia, nem de qualquer professor, ninguém que imaginasse um plano melhor do que aquele.

[...]

Você sabe como funciona a hipocrisia, anos de surdez e em um minuto as pessoas viram exemplo de tolerância. É um transe coletivo, vamos resolver por decreto o que não quisemos resolver de outro jeito. Teve fala de professor em aula, palestra com psicólogo, uma campanha contra o preconceito envolvendo todas as turmas da creche à oitava série. Só esqueceram de convencer os alunos de que aquilo tudo era para o bem deles. De combinar com quem comia na cantina, com quem tinha que fazer os trabalhos em aula.

[...]

A turma do meu irmão participou da campanha. Imagine essa turma. Um aluno traz a cartolina, outro o pincel atômico. Todo mundo ali tem onze anos, e é óbvio que um deles vai fazer alguma piada com o tema do trabalho, e os outros do grupo vão rir, e o meu irmão vai ouvir a piada e os risos. O meu irmão era atlético, gostava de fazer esportes. Um homenzinho bonito, *popular*, o que ele sente nessa hora? Os melhores amigos estão só rindo de uma gorda três anos mais velha que dedou os colegas para o pai, o pai dele, porque essa era a versão que corria, não tenha dúvida, o gordo pai da gorda que veio reclamar que estavam chamando a filha gorda de gorda. Que fez o colégio inteiro entrar nessa cruzada para que não se chame mais uma gorda de gorda. Para isso você tem que pendurar cartazes, escrever lição de casa, fazer peça de teatro.

[...]

Isso tudo pode parecer simplório, mas é a primeira coisa que você aprende quando fica mais velha. No fundo as coisas são o que parecem, por mais que você dê um monte de voltas para dizer que não são. Essa escola onde a gente estudava só ia até a oitava série, aqueles foram os últimos meses experimentando os efeitos do plano da Sônia. Que eram efeitos do plano do meu pai. É verdade que ninguém mais me chamou de Vaca Mocha na escola, mas também é verdade que ninguém mais falou comigo. Eu já não tinha nenhuma amiga. Já não era convidada para nenhuma festa. Já sabia que a minha vida não era esporte, nem beleza, nem qualquer coisa próxima do conceito de popularidade, por que isso ia mudar naqueles poucos meses?

[...]

Eu troquei de colégio dos catorze para os quinze anos. O meu pai olhava para mim nessa época, dava até pena dele. Tudo o que ele queria era ajudar. Cento e trinta quilos de amor pela filha, a princesinha a caminho dos mesmos cento e trinta quilos logo que ficasse mais velha. Eu fiquei três anos no colégio novo, um lugar com linha pedagógica mais liberal, mais *voltada às artes*, três anos em que a princesinha artista segue olhando para si mesma no espelho, no banho, e eu penso nas minhas decisões nesses três anos de colégio novo, eu não ter feito vestibular para economia ou direito ou qualquer dessas profissões que me desviassem da vocação de remoer as leis da genética, ou da cultura, ou da entidade divina que me transformou naquilo. Os meus peitos, a minha pança. A minha identidade, o jeito como eu me expresso e devolvo para o mundo aquilo que o mundo me deu.

Raquel

Essas coisas são um ciclo, você sabe. Pense agora no meu irmão. Como são os dias em que a escola toda fala da irmã. Ele passa essa vergonha por causa da irmã, em quem ele vai descontar? Você acha que o Alexandre nunca atendeu aqueles telefonemas? Que ele não sabe a letra da musiquinha?
[...]
Faça esse teste com ele na entrevista. Comece a cantar a musiquinha, *um quilo de polenta, um balde de leite*. Veja se ele não completa os versos. Se ele consegue mentir dizendo que não sabe. Peça para ele imitar o mugido no telefone, como ele fez a primeira vez, antes de apanhar do meu pai por isso.
[...]
Como ele fez a segunda vez, a terceira. Baixinho, só para mim porque ele sabia que eu não ia contar para o meu pai. Eu era três anos mais velha que o meu irmão, e era gorda, então você pode imaginar que eu tinha pelo menos duas vezes o tamanho dele. Eu podia ter dado uma surra nele também, ou subir em cima dele, sufocar ele como uma vaca mocha consegue fazer

com alguém mais magro, um homenzinho mais bonito e popular, mas ele sabia que eu não faria nada disso. Nem deixaria que o meu pai continuasse fazendo. O meu pai já tinha estragado tudo uma vez, eu não queria aquilo de novo, meu irmão apanhando de novo por minha causa como todos os alunos do colégio tinham feito cartazes e peças de teatro por minha causa.

[...]

Então ele cantava só para mim. Era um show particular de vingança dele, e eu nunca reagi. Nunca reagi contra ninguém. Não fisicamente, eu ficava paralisada, essa é a natureza da vergonha, as pessoas farejam e fazem questão que você passe por isso. Mas é óbvio que em três décadas eu aprendi a reagir de outro jeito. Isso ninguém vai tirar de mim. É o poder que eu ganhei, estou aqui até hoje para lembrar quem o meu irmão é de verdade. O que ele fez na infância. E continuou fazendo na adolescência. E depois de adulto. É uma biografia diferente da minha, o meu irmão foi para outra escola quando chegou na oitava série, essa não era dedicada às artes, mas aos esportes, à vida social, ele *namorava*.

[...]

Sabe quantos namorados eu tive na vida? Quantas vezes eu achei que era possível isso acontecer mesmo eu sendo uma vaca mocha que odiava a mim mesma? O que o meu irmão cantava no banho, depois de apanhar por ter dito duas palavrinhas contra essa vaca? Só duas palavrinhas, será que era justo ele levar uns tabefes do pai porque estava de saco cheio do colégio inteiro falando da irmã? Ele não merecia ser perdoado? O meu irmão é diferente de alguém? Qualquer um no lugar dele faria igual, não é mesmo, só uma piada com uma vaca a caminho dos cento e trinta quilos, até parece que ninguém sofreu com essas *coisas da idade* uma vez na vida.

[...]

O que você faz com o que fizeram de você? Bom, aqui estamos mais uma vez. Eu depois de entrar no novo colégio, quando comecei a desenhar e escrever e estudar inglês a sério. E decidi não cursar faculdade no Brasil. E me mudei para a Europa. E passei mais dois anos treinando a língua, me preparando para entrar numa das melhores escolas de arte da Inglaterra. Uma história que podia ser perdoada como tantas histórias de família, mas o meu irmão não quis isso. Então ele continuou me acusando nos anos seguintes. Nas décadas seguintes. E o jeito que ele me acusa hoje não é diferente do jeito que ele cantava a musiquinha. Ou imitava o mugido no telefone. São as mesmas palavras, o tom que atravessa o tempo e vai parar na boca do sujeito que segura uma barra de ferro e me vê encolhida no palco do Hotel Standard, em fevereiro de dois mil e dezoito, porque alguém ensinou para ele que é isso o que sou. *Quer apanhar, Vaca Mocha?* O sujeito fala, são as palavras mágicas. O veneno, a criptonita. Trinta anos depois e é só dizer isso, só o Alexandre fazer com que ele diga isso, e então eu congelo e me encolho para ser surrada e jogada no lixo.

EXTRAS/MATERIAL A INSERIR

1

Entrevista coletiva, rede nacional, março de 1990. Fala do presidente do Banco Central Ibrahim Eris (trecho).

A partir daí imediatamente passa a render correção monetária mais seis por cento. Esse, esta correção monetária medida pela BTNF tal que o, hm, proprietário do ativo não perde nenhum dia de correção monetária ou juro, juros também serão calculados pro rata temporis tal que nenhum juro está perdido. Então, na verdade o que tá sendo feito é uma conversão de cruzeiro cruzados novos a cruzeiros progressivamente, a partir de décimo oitavo mês e rendendo nesse processo, os ativos rendendo correção monetária mais seis por cento. Não há nenhum confisco, nenhum calote, é simplesmente nós estamos... eh... hm... dando para o sociedade o chance, aos aplicadores, eh, correção monetária mais seis por cento sobre aplicações deles por dezoito meses a partir de qual mensalmente serão liberados os saldos acumulados neste período.

2

Folder com a programação do quinto dia da Semana Pontes de Cidades e Convívio, 1ª edição, 2018.

8h30: Ausência de Estado e guerra civil — Hermes Albano, sociólogo e fundador do Instituto Brasileiro de Cidadania Aplicada (IBCA)
9h30: O Estado de direito e o encarceramento em massa — José de Castro Levitz, membro da comissão para a reforma da Lei de Execuções Penais da Câmara dos Deputados
10h30: Coffee break
11h: Pobres, jovens, marcados — Julia Motta, professora e pesquisadora da UNESCO
12h-13h30: Almoço
13h30: Exibição do filme *Good Vibes: Boas Vibrações?*, de Cauã Junqueira
15h: Debate com Cauã Junqueira, a crítica cinematográfica Andrea Oist, o rapper Pen Drive e o skatista Peré
15h45: Coffee break

16h: Brinquedos e fardas: o abismo da violência estrutural — Selma Linhares, fundadora da ONG Viveres

17h: O corpo político — debate com Ieda Sonda, presidente da Associação Interamericana de Mulheres Vítimas da Violência no Trabalho (IMVT), Gabriel Novais, pesquisador do Instituto Democracia e Memória (IDME), e Raquel Tommazzi, artista performática

Local: Hotel Standard, São Paulo
Data: 6 de fevereiro de 2018
Promoção: Instituto Cultural Pontes
Apoio: Banco Pontes

MATERIAL BRUTO

Alexandre

Não precisa.
Nem um copo de água?
Está bom assim.
A gente teve um problema semana passada. O meu microfone.
[...]
A sua fala foi registrada, a minha não. Está oquei porque o corte editado não tem perguntas. As perguntas são só referência.
[...]
Para o teste, então. Diga o seu nome, a data.
Hoje é dia vinte e seis de abril de dois mil e dezoito. Meu nome é Alexandre Nunes Tommazzi. Tenho dois filhos. Sou empresário.
Idade.
Quarenta e três.
Tudo oquei?
[...]
Tudo oquei com o som. Podemos começar do ponto que parou, se está bom para você.

Qual era o ponto?
A agressão à sua irmã.
[...]
Posso perguntar uma coisa antes?
[...]
Nesses cortes que vocês fazem. Tem um negócio engraçado porque você fala *agressão* e pode escolher... É diferente quando a pessoa vê de fora. Você passou a infância em outro país, aqui os caras matam por causa de um chinelo. Você sabe português muito bem, leu história brasileira para se preparar...
Eu conheço história brasileira.
Eu acredito. Digo, a coisa geral, mas aí tem o negócio... Quando é a sua vida ali. Eu tinha onze anos no governo Sarney. Teve os primeiros planos, Cruzado, Bresser, é diferente do governo Collor, aí ninguém vai me enganar porque eu já sabia. Pega agora mesmo, qualquer um que é pai sabe onde é que aperta. Se eu entrar numa agência amanhã... Para um banco, o futuro dos meus filhos é o cheque especial. O resto é capim para a bezerrada, você já viu as propagandas que os artistas se dispõem a fazer? É sempre uma musiquinha, o gerente oferece café e está lá a cantora, ai como é bonito o sol, o céu, o beija-flor, como a vida é legal quando é simples, não se preocupe com dinheiro porque a gente cuida dele para você aproveitar o seu tempo precioso...
Do que você está falando?
É só olhar os nomes. Os artistas cagando regra, todos os problemas do Brasil. Todos os culpados pelo chiqueiro ser um chiqueiro, menos quem paga o cachê deles. Quando a minha irmã aceita ser financiada por um banco... Patrocínio não é só a gorjeta que depositam. Tem a história toda, o que esses caras fizeram com o país. Com a sua família mesmo, os caras ajudaram a matar o meu pai, porque no fundo é isso. Ele quebra por causa do Plano Collor. Morre porque estava quebrado. Eu tive as minhas

escolhas desde os anos noventa, me orgulho de tudo, agora olha o caso da Raquel...
É assim que você vê o trabalho dela?
Não é a coisa em si. O *trabalho dela*, por favor. O que tem para olhar nesse caso? Você mesmo, quem põe dinheiro no seu filme. É dinheiro da Alemanha, certo?
Alemanha e Holanda.
E onde o filme vai passar fora da Alemanha? Da Holanda. E como vai passar? Digo, a versão. Muda o artista, mas é igual. Você sabe quem são os acionistas dos três maiores bancos brasileiros?
O nome deles?
Quando você for editar esse trecho, não estou falando de nenhum outro, esquece a história do Collor... Todos os outros governos, pensa só *nesse* trecho. Dá três segundos. Um para cada nome, não vai dizer que é problema de tempo. *Itaú. Bradesco. Banco Pontes.* A sensibilidade da expressão interior aprova que eles sejam citados na versão final que vão vender para a tevê brasileira?
Isso é para eu responder?
Ah, claro, isso não tem *nenhuma* importância. O tema do seu filme é o Brasil, e o Brasil não tem *nada* a ver com esses números... O lucro do Itaú em dois mil e dezessete foi de vinte e quatro bilhões, dez por cento acima do ano anterior. O Bradesco lucrou dezenove bilhões, onze por cento acima. Todo ano tem notícia sobre lucro recorde, o país pode estar na pior crise em cem anos e aí os artistas...
Você está dizendo...
Estou dizendo o óbvio. Existem fundações culturais do Itaú, do Bradesco e do Banco Pontes. Todo mundo é pago por alguém, você, o seu canal... Vocês vão negociar quando venderem o filme para o Brasil, aí é fácil deixar lá a artista independente Raquel

Tommazzi... O que ela acha ou deixa de achar da violência. Da *ausência de Estado*, por favor. Você, ela, a autoridade para cagar regra sobre essas coisas.

Você concordou em dar entrevista. Eu deixei claro para quem trabalho, o tema do filme.

Deixou, mas é fácil exibir a fala de um brasileiro na Alemanha. Na Holanda. Eu quero ver uma fala sobre o fundo que patrocina vocês, o governo que patrocina sendo patrocinado pelos fundos. Ou vender para a tevê brasileira uma fala sobre os caras que patrocinam essa tevê. Os mesmos que pagam a artista independente Raquel Tommazzi. As exposições, os acionistas que compram as obras que eles mesmos valorizam depois, até parece que o *mercado das artes*... Pergunta sobre um crime qualquer, e a resposta de um artista vai variar dependendo do criminoso. Se for o cara do Hotel Standard, é uma coisa. Mas se for o acionista do banco que paga a palhaçada no Hotel Standard...

Uma coisa que eu não entendi...

Você pode perguntar para mim sobre o cara do hotel. O que você quer saber da vida dele, a minha resposta vai ser sempre a mesma. Digo, não *a mesma*, mas eu não trato diferente duas coisas iguais. Porque não sou eu que faço discurso de independência patrocinada pelo Banco Pontes. Eu não faço discurso nenhum. A lei não é para todo mundo, incluindo quem compra obra de arte?

Uma coisa que eu não entendi é isso que você fala do Jessé Rodrigues. Você acha que essas coisas passam pela cabeça dele, realmente?

É que é fácil falar de fora. Você lê as matérias sobre a minha irmã no hotel e parece que está tudo ali, mas as coisas nunca são... Você não tem filhos, por exemplo.

[...]

Se você tivesse saberia. Só de pensar no que é ter filho num

chiqueiro de país... Eu conheço essa família há muito tempo. Pensa na Zona Leste de São Paulo, as conversas nos lugares de onde esses caras vêm. Anos atrás o Jessé era um pinguço. O cara nunca deixa de ser, não tem *um dia de cada vez* nesses lugares. Lá a sua mãe sabe. A sua cunhada. O pastor que conhece todo mundo.
    [...]
    Nessa época a mulher do Jessé passava o dia na merda. Não que hoje não passe, ela está formada agora, é merda também. Mas na época era outro tipo de merda, mais merda ainda. De noite ela ia para o curso de enfermagem, no fim de semana tinha a igreja, até que um dia no fim do culto... Um dia a mulher do Jessé vai no culto e diz, o meu marido está procurando serviço. Aí o pastor olha bem para ela, esses caras conhecem tudo. Eles olham e sabem na hora, pelo jeito que começa a história. Pela cara da pessoa. O pastor olha e diz, seu marido é um pinguço, hã? Um bosta que passa o dia no boteco. Aí a mulher do Jessé desaba, ela só falta cair de joelhos diante dele, pastor me ajude por favor eu não aguento mais...
    O *pastor é o pastor Duílio?*
    Você sabe como funciona? Pega um pedreiro desempregado. O pastor sabe da situação porque a esposa do pedreiro contou. Aí ele faz uma visita ao casal, convida o pedreiro para ir à igreja, mas o pedreiro não quer saber. Aí o pastor volta lá e convida de novo. Uma terceira vez, ele e uma comitiva de dois pastores, até que o pedreiro... O cara é sustentado pela esposa, os vizinhos falam o diabo. E a esposa coitada, ela só pede isso dele. Será que ela não merece uma gentileza? É só segurar a mão dela no domingo. Duas horas, o pedreiro pensa. São só duas horas aguentando um sermão picareta, mas aí ele chega à igreja e não é bem um *sermão picareta*. O pastor está lá, trezentas pessoas na plateia, o pastor vê que o pedreiro entrou e diz bem alto,

que boa notícia, estamos recebendo a visita do nosso novo irmão. Nosso novo irmão está precisando de ajuda. Nosso novo irmão é pedreiro, e no culto essas trezentas pessoas... Alguém lá conhece a tia do cunhado. Um primo que é mestre de obra. Um amigo do genro que está construindo um puxadinho nos fundos da casa.

E no caso do Jessé Rodrigues com o pastor Duílio...

Mas é justamente isso. Só muda a profissão e põe a bebida. Anos depois você olha o que mudou, isso não é governo, migalha de ninguém. É só a esposa enfermeira e o Duílio. *Ausência de Estado.* O Jessé começa a trabalhar como segurança, ele arruma esse bico no clube, no supermercado. Sabe quantos anos sem beber?

No caso dele não é só bebida. Nem desemprego. Tem o histórico de violência.

E como você separa uma coisa da outra? O que é *histórico de violência* num caso desses? A mulher do Jessé virou enfermeira, os dois tiveram uma filha. Quinze anos sem nenhuma gota, só que aí você vai ver como é a vida ali, a escola onde o Jessé bota a filha... Você já pisou numa escola pública de São Paulo?

Já.

Pois é. Tem os professores da escola pública que são uma merda. Os diretores da escola pública que são uma merda. Os alunos na escola pública... Tem museu e taxa Selic para quem é artista ou acionista de banco, mas e a bezerrada? A periferia de São Paulo nos últimos anos, você não tem noção... Antigamente tinha justiceiro, estupro. Assalto. Tudo mudou, agora tem shopping, loja de carro, você já leu isso quinhentas vezes. Mas o que você não sabe... O que importa é o nosso rabo, hã? A duas ruas da casa do Jessé tinha uma boca de fumo. Ele se fodia o dia todo fazendo bico, a mulher passava o dia trabalhando no hospital, soma o que esses dois conseguiam ganhar... Quanto por mês para morar lá e saber até o nome do estagiário da boca? Quem é o chefe um, o chefe dois. Você passa a vida tentando não cruzar o caminho desses caras, é o que todo mundo faz por ali, perueiro, comerciante, mas aí a filha do Jessé... Você já teve dezesseis anos. Todo mundo já teve. A filha do Jessé gostava de ir ao shopping, dá para imaginar, um sábado ela está no ponto de ônibus e oferecem carona. O sujeito que ofereceu tem uma moto. Esse sujeito tem dezoito anos, ele repetiu dois anos na escola e foi parar na classe de quem? A filha recusa a carona, mas o sujeito aparece no outro sábado. Ele é colega de classe dela, se você tem essa idade prefere andar de moto ou de ônibus? No terceiro sábado é a mesma coisa. Se você tem dinheiro para comprar uma roupa no shopping, tomar um sorvete... Se alguém paga um sorvete para você. Uma cerveja. O sujeito tomou uma cerveja com a filha do Jessé, deu uma roupa de presente para ela. Os dois começaram a ir no shopping nos fins de semana. Começaram a ir ao baile. Eu penso nessas coisas, tenho dois filhos, um tem essa idade.

Quantos anos?

Quase essa idade. O mais velho tem quinze, o outro fez treze agora. Você acorda no meio da noite pensando no quê? Isso que eu falei do meu pai semana passada, os *bens materiais*... Mesmo me botando na pele dele, você escolhe vender tudo o que tem para salvar a empresa que está quebrada... Os impostos, a previdência, mas aí você olha para os seus filhos e sobrou o que para eles? Eu duvido que o Jessé acordasse no meio da noite pensando no curso de enfermagem da mulher. Digo, você acorda pensando nisso, mas é porque isso se aplica ao futuro dos filhos. O Jessé fodido, nem mais um minuto de sono, três turnos no dia seguinte, mas ele pensa é na filha. No sujeito da moto que penteia o cabelo para ir ao baile com a filha. O sujeito passa perfume, pega o dinheiro para comprar droga. Não tem sábado em que a filha do Jessé não vai ao shopping, ao baile, tudo com esse sujeito, como você acha que ela ia acabar? É tudo tão burro. As pessoas são burras desde cedo. O mundo é uma burrice geral, o que você faria se fosse o Jessé? Daria um aperto nesse filho da puta? Proibiria a filha de sair à noite aos dezesseis anos? Mas os filhos não saem à noite com essa idade?

O Jessé falava disso com você?

Isso faz um ano já. Essas coisas, é muito fácil olhar de fora e se apegar a esses... Você escolhe as palavras. Se eu fosse psicólogo, advogado... Quando você é artista tudo gira em torno disso, você escolhe a palavra certa e tudo passa a ter valor. Dinheiro mesmo, o cara pode cagar num penico na porta do museu, mas não, a sensibilidade da expressão interior dele vai dar um nome valioso para a merda. Porque é fácil você escolher esses nomes num hotel de luxo. Você está lá para defender o estado de direito. Você em cima de um palco, o estado de direito na sua frente, esfregado bem na sua cara, mas não. Você nem poderia ver porque o seu poderzinho depende de *não ver*. O patrocínio do Banco Pontes. Entendeu como isso *passou pela cabeça* do Jessé?

[...]

A questão não é nem o Jessé. O Jessé a esta altura, coitado. Qual o futuro de um cara desses, que emprego ele vai conseguir como vigia ou qualquer outra coisa depois dessa história do hotel? Com a ficha que ele tem agora, é só olhar na internet.

O Jessé agrediu a sua irmã. Foi por isso que eu procurei você. Não tem como não falar disso.

O Jessé é um minuto dessa história. O cara passa quinze anos sem beber, mas quando pegam a ficha dele... O que vale é um minuto na vida. Uma vez que o cara fraquejou, não é como ser ladrão e recair assaltando uma joalheria. Para assaltar joalheria tem planejamento, outra coisa é um dia você entrar num boteco... Pá. Até parece que num caso como o do Jessé, quinze anos em que você se fodeu doze horas por dia, você viu isso florescer... Sua família. Qual o patrimônio que o cara junta num lugar desses? Tudo vai para o lixo no primeiro gole. Uma casa comprada com financiamento. Uma prestação que é mais cara que um aluguel, quarenta anos para quitar.

É assim que você enxerga a ida dele ao hotel? Ele acorda um dia e resolve ir?

É o contrário. Justamente o que estou dizendo. Ele não *acorda um dia e resolve ir*, tem o contexto.

Um contexto para ele ir ao hotel com uma barra de ferro na mochila?

Eu só estou dizendo que são coisas diferentes. Quem caga regra num auditório de luxo e quem sabe o que é ir num baile desses... O meu filho mais velho também quer sair à noite, você não sabe o que é acordar na madrugada... O telefone toca às três da manhã. Uma vida inteira que ficou para trás. Num toque, pá, o Jessé podia ter feito alguma coisa? A filha ia deixar de ir ao baile com o sujeito que comprava droga sei lá de quem? Que comprou a moto sei lá com que dinheiro? O sujeito era tão burro que resolveu fazer a única coisa que não se pode fazer com esses caras. Você pode roubar, matar, tudo o que quiser desde que tenha permissão desses caras, mas não, o sujeito resolve dever *justamente para eles*. Ele vai ao baile onde *eles* estão. Ele diz que só vai conseguir pagar não sei quando, é a décima vez que ele fala a mesma coisa e começa uma briga, alguém saca uma arma, aí de repente tem um tiro... A luz apaga. Outros tiros. No escuro, pá. A filha do Jessé ao lado do idiota esse. Aí a luz acende.

[...]

Se você pensar bem, quem se fode é o Jessé. Porque é ele que fica para viver todos os dias. O cara passa quinze anos achando que tinha se livrado de uma cruz, mas no fim tem outra cruz na frente dele. E é ainda pior por causa da culpa, ele achando que podia evitar a morte da filha, quantas chibatadas doze horas por dia? O que deus quis de você, o que está querendo agora?

[...]

Você quer saber sobre o histórico de violência. A época que o Jessé bebia. Digo, a época antiga, antes de ele parar, na verdade foi uma interrupção... Os quinze anos foram isso, um intervalo. Um pé dentro do boteco e pá, você volta a ser o que era quinze anos antes. Tem o Jesus crucificado e o diabo em cima da cruz. Eu não vou julgar aqui de longe, na posição que o cara está depois de perder uma filha... Eu sei lá o que ele queria botando o ferro na mochila. Quem sou eu para dizer o que um cara nesse estado deve ou não fazer. Ele resolve pegar ar num dos intervalos das palestras... A cem metros do hotel Standard tem um boteco. O primeiro gole em quinze anos.

[...]

O que eu posso dizer é que não existe *primeiro gole*. Isso eu sei, você sabe. O Jessé sabe. E isso foi uma escolha dele, pronto. Um dia ele pensou, pronto, acho que é isso para mim. Já que a vida acabou mesmo, o que eu tenho a perder? Mas antes eu vou mostrar para esses filhos da puta. Essa gente que está se promovendo em cima da violência, falando do que não sabe. Falando de *mim*. Ganhando dinheiro em cima da morte dos outros, da morte da minha filha, tudo pago por um banco. O Jessé pensou, querem ver o anjo do enxofre? Pois é. Esse sou eu.

Raquel

Eu queria voltar para uma coisa da semana passada. Você falou da Barnold, hoje você olha para essa época... Isso é noventa e um?
Eu fiz a prova em noventa e dois. Fim do ano.
Você foi para a Europa com dezenove anos, é isso?
Dezoito. Fim de oitenta e nove.
E entra na Barnold em noventa e três.
Início de noventa e três. Para estudar artes na Inglaterra você precisa passar por uma Foundation. Eu estudei um ano de inglês intensivo em noventa, já tinha estudado antes, no Brasil, não é que tenha chegado lá sem noção.
Já em Londres?
Já em Londres. Eu precisei pagar a Foundation porque tinha passaporte brasileiro, para quem é inglês os bairros financiam. É uma guilda, tem a dos sapateiros, joalheiros, são dois anos para você escolher se quer seguir para uma das escolas grandes. A Barnold não é a única, tem a Goldsmiths, a Slade. Você escolhe se quer fazer design, história da arte, se quer ir para o lado que

eu fui. Nessa entrevista a pessoa leva um portfólio, eu imagino que você saiba como funciona.

Um pouco.

Então você imagina eu no fim de noventa e dois, em frente a uma banca, mostrando o portfólio que alguém como eu poderia mostrar. Foi disso que eu falei semana passada, porque isso tem a ver com a gente aqui. Com as suas perguntas, inclusive. Por exemplo, por que você vem da Europa me entrevistar? Tem algum brasileiro na Alemanha fazendo um documentário sobre a situação de vocês?

Eu morei oito anos no Brasil.

Morou, mas isso não se apaga. Nem para você, nem para mim. Imagina essa banca da Barnold. Eram três homens, todos brancos, mais velhos. No fundo, é questão de aderir aos modelos. Existem vários modelos. Por exemplo, por que você está perguntando sobre isso tudo?

A sua biografia não é importante?

É importante, mas qual é o modelo? Se você entrevistar um médico, ele pode contar que quando criança gostava de brincar com um jaleco. Que ele estudou muito na faculdade. Que ele fez residência e doutorado, e passou anos trabalhando num hospital antes de abrir um consultório e blá-blá-blá. É um elogio ao esforço e à superação dos obstáculos rumo à maturidade sábia e blá-blá-blá, como num filme hollywoodiano. Eu também falei *disso* semana passada.

E no seu caso...

Eu não estou num filme hollywoodiano. Na entrevista da Barnold eu levei uns desenhos que fazia. É como funciona, você mostra o portfólio, escreve um texto. Como os desenhos precisam ser para agradar aos homens europeus brancos mais velhos? Como fazer eles se sentirem tolerantes, generosos por admitir na

escola deles uma artista mulher do terceiro mundo, ainda mais uma artista como eu?
Você percebeu isso na época?
Eu tinha vinte e um anos. Você ainda não elabora as coisas assim, mas de algum jeito já sabe.
Porque você falou de trajetória. Sua trajetória não tem um... um crescimento, a partir dessa descoberta?
Tem, mas olha a direção desse crescimento, onde eu termino. O final feliz dessa história profissional que começa quando passo na prova da Barnold. Eu tive aula com grandes artistas, historiadores. É óbvio que eu *evoluí*. Eu estava ali para isso. Os primeiros trabalhos que eu fiz são diferentes dos que eu fiz depois, isso não está em discussão. Mas pensa no modelo. Você chegou a ver esses trabalhos?
Não.
A Barnold fazia uma coletiva de alunos no fim do ano. O meu pai tinha morrido em noventa e dois, esse início foi muito ruim para mim, eu ainda não sabia lidar com essas coisas como aprendi a lidar depois.
[...]
As primeiras coisas que fiz foram colagens em cima de fotografias. Os nomes em português mesmo, Vaca Mocha Um, Vaca Mocha Dois e assim por diante. Não tinha nada ali sobre o meu pai, sobre a minha vida diretamente, as imagens não eram de mulheres gordas porque no início você não quer ser literal. No início você acha que ser literal é uma facilidade. Você acha que o mundo não é literal, embora o mundo *seja* literal, isso é uma coisa que você aprende quando fica mais velha, então na Barnold eu me limitei a fazer essas colagens com cenas do Sítio do Picapau Amarelo. Ou sobre problemas sociais distantes, digamos. Meninos de rua. Uma empregada negra de uniforme servindo uma patroa branca. E ao mesmo tempo aquela *era* a minha vida,

entende? Aquilo também tinha a ver com o que eu tinha passado, daí o nome das obras, eu só não conseguia dizer isso ainda, não diretamente como hoje.

[...]

Se você quer usar um modelo para mim, a questão não é de carreira. Se fosse, eu poderia passar a vida inteira fazendo o que fiz nesse início, notícias sobre o horror do terceiro mundo para a boa vontade das bancas de jurados. Dos curadores. Dos críticos. Todos os senhores e senhoras na Europa, no Brasil, todos de boa vontade em relação aos problemas sociais vindos da pobreza, da violência. Se eu fosse a artista que se limita a isso sem atacar também essas pessoas, a hipocrisia delas, sem mostrar a responsabilidade delas sobre as coisas que eu mostro, tudo bem você fazer as perguntas que quer fazer. Mas olha o que aconteceu por causa desses meus ataques.

Que perguntas você acha que eu quero fazer?

Você não quer voltar à história do patrocínio?

Isso não é importante?

Depende do ponto de vista. Por exemplo, eu não sei se você se considera artista. Se acha o documentário uma forma de arte ou de jornalismo. No jornalismo você expõe um problema, digamos, e isso pode levar a um tipo de consenso, talvez por meio do diálogo e blá-blá-blá. É um objetivo nobre, tenho certeza de que você pode defender isso na reunião com os executivos dos canais que financiam você. Agora, pense na visão de uma artista. Eu sou brasileira, você não é. Eu tenho quarenta e seis anos, você não tem. Eu peso cento e trinta quilos, você não pesa. A solução do conflito para mim incluiria um diálogo com quem mesmo? O meu irmão? O homem que me agrediu? E qual o assunto que o outro lado trouxe para a mesa de negociação?

Isso vale para todos os casos? No evento do hotel...

O evento do hotel é onde isso se aplica. Isso é o que me dão para negociar.

Você diz...

Eu digo que a minha escolha é ficar ou não dentro da jaula. Agradar ou não ao público do zoológico, seja a banca da Barnold, seja o circuito das artes. Seja a imprensa. Seja você. Pegar a esmola que vocês jogam para mim. Fazer a dancinha que vocês querem em troca da esmola, repetir o discurso esperado de uma artista que tem um *propósito*. Que faz *crítica construtiva*. Construtiva para quem? Os valores que eu tenho desde o início da carreira são outros. Desde a cantina do colégio. Já que a arte é o espaço do indivíduo, o que eu tenho a dizer mudou muito desde os doze anos, catorze anos, considerando o que o mundo mudou desde aquela época? O mundo por baixo das aparências, da hipocrisia. Dos discursos que garantem o patrocínio do Banco Pontes.

Isso é o que define o seu trabalho?

A definição você pergunta para um crítico. O que eu sei é o que fiz em cada passo do que você chama de crescimento, de descoberta. E para saber onde chego depois de toda essa descoberta basta olhar o que aconteceu no Hotel Standard. Para o homem que vem falar comigo no hotel. Ele está segurando uma barra de ferro. Eu estou me preparando para subir ao palco, é esse o diálogo que me oferecem. Basta eu cumprir os termos negociados, e ninguém encosta um dedo em mim. Basta esquecer que o homem está ali a mando do meu irmão, isso fica claro logo que ele começa a falar. Ele diz, você sabe quem eu sou? Você acha que eu não sei quem você é?

Você acha que as pessoas não entenderam a sua reação?

Eu acho é que existem os modelos. Eu falei do médico, poderia ser um CEO ou jogador de futebol. Alguém na minha idade, compare com qualquer profissão. Veja se um engenheiro, um veterinário de quarenta e seis anos está se justificando porque

apanhou na frente de seiscentas pessoas. E sofreu ataques *por causa* da surra. É por causa desses ataques que você está me entrevistando. Os ataques é que são o meu final feliz. Que grande exemplo hollywoodiano é sair de casa para participar de um evento num hotel, entrar num táxi, ver a cara do taxista quando abre a porta para mim. Quando precisa empurrar o banco do carona. Talvez você não saiba como é para alguém de cento e trinta quilos, o que significa um táxi, o saguão de um hotel. As pessoas que olham no saguão, no auditório. Os degraus para subir no palco do auditório, demora quanto tempo? Eu quase pedi ajuda para subir, a privilegiada gorda patrocinada que pensa em chamar um guindaste para chegar ao palco e se promover. Para ganhar mais fama e dinheiro.
Eu vi o vídeo da surra.
[...]
Eu preciso perguntar uma coisa. Sobre o momento que você sobe a escada... Você vai até o apresentador e pede o microfone para ele. Aí você vai para a frente do palco com o microfone. Você falou com o Jessé Rodrigues antes, então dá para dizer que isso tudo é uma reação ao... Você está assustada com a conversa que teve com ele.
O que você acha?
É isso que eu queria saber. Se o Jessé Rodrigues não fala com você, você só participa do seminário. Nesse caso, você diz o que no debate?
Faz diferença? Interessa é o que eu disse, o que eu fiz. E o que disseram e fizeram comigo. Se isso não tivesse acontecido, a gente não estaria aqui. Você teria visto um vídeo meu respondendo às perguntas do mediador, conversando com os outros debatedores, vai saber. Ou eu poderia ter ficado em silêncio durante todo o tempo para constranger a plateia, que nem o rapaz da

cadeira de rodas deveria ter feito naquele programa de televisão que eu vi.

Você não vê sentido nas críticas, então? Tinha gente lá que estuda a violência. Que trabalha com direitos humanos. Eles organizam um seminário sobre violência, convidam pessoas para a mesa, você está entre os convidados. Você sobe ao palco e faz o que achou que devia fazer. Mas você não vê consequência nisso? Para o trabalho dessas pessoas, a imagem do trabalho?

Eu vou responder de outro jeito.

Pessoas que ficaram ofendidas pelo que você fez. Você usou ironia, mas as pessoas não enxergam ironia. Não sempre. Ou enxergam e não acham engraçado, não ali.

Eu vou responder de outro jeito. A minha resposta não tem nada a ver com ironia. Eu não fiz ironia nenhuma, se você quer saber. Eu estava lá porque fui convidada por essas pessoas, elas fazem um tipo de trabalho que depende de um tipo de discurso, e você pode até olhar de fora e achar que é um tipo de discurso que tem a ver com o meu. Afinal, é a questão do corpo. Como o corpo é visto no caso de um negro, de um índio. De uma mulher. De quem tem cento e trinta quilos. De quem é a vítima preferencial da violência desde sempre, de quem é humilhado na escola, apanha da polícia. Isso tudo é óbvio, cidadãos que estão no mesmo nível, eu, você, essas pessoas, esse é o nível cultural e político. Numa eleição vamos escolher o candidato menos horrível dos três ou quatro que nos oferecerem, digamos, e dizer coisas não horríveis contra o que o bom senso considera horrível. Mas no nível individual é outra história. É diferente você falar em nome de um negro, de um índio, de uma mulher de cento e trinta quilos, sendo paga pelo Banco Pontes para fazer isso num hotel de luxo, em frente a pessoas que acham muito admiráveis essas boas intenções, e ser de fato um negro, um índio, uma mulher de cento e trinta quilos.

[...]
O nível artístico é esse segundo nível. Você carrega uma história que é só sua, isso faz você reagir de outro jeito quando a história é lembrada de novo. Se eu conseguisse fazer diferente eu não seria quem sou. Eu não teria o trabalho que tenho. Quem me convidou para o seminário sabia disso, então eles não podem estranhar que eu faça isso quando esse homem vem conversar comigo. Um homem que está lá a mando do meu irmão. Que está bêbado, eu sei no momento em que ele abre a boca. Eu sinto o hálito dele, é o cheiro da surra que eu vou tomar quando subir no palco. Ele diz que vou apanhar se continuar *falando merda*, e eu sinto o cheiro do nariz quebrado, da cicatriz. Ele diz, você tem dúvida de que vou te encher de porrada? Você acha que a sua banha vai amortecer as porradas?

[...]
Foi o que ele disse. A *sua banha de vaca mocha. Quer apanhar, Vaca Mocha?* Ele disse e eu senti o cheiro da cantina do meu colégio. De um quilo de polenta, um balde de leite.

[...]
Ele disse, as suas patas vão proteger você? Esse focinho, você acha que eu não vou quebrar no meio? Eu olhei para ele e senti o cheiro do tempo que não passou, lá vamos nós de novo, um golpe de ferro no peito e um golpe de ferro no nariz e os chutes e socos até que ele canse de bater. Seiscentas pessoas olhando, algumas do lado do palco, a menos de cinco metros do que estava acontecendo, isso responde à sua pergunta sobre quem ficou ofendido na plateia? Sobre a imagem que ficou para o trabalho que essa gente faz sobre violência?

Isso que você narrou é a surra. Eu perguntei sobre antes, quando você sobe no palco. Você sabe da ameaça, mas ninguém ali sabe. E você age como se todo mundo entendesse.

Depois da surra todo mundo entendeu muito bem. Isso foi

bastante explicado, eu dei várias entrevistas sobre isso. Adiantou alguma coisa? Alguém retirou as críticas? Alguém disse, perdão, essa gorda oportunista que veio se promover num seminário sobre violência não é bem isso? Alguém lembrou que a Vaca Mocha só foi chamada de Vaca Mocha porque o irmão dela informou o agressor sobre como usar esse apelido? As coisas certas a dizer, a criptonita.

[...]

Me desculpa, mas só quem se interessou em saber quem era esse homem fui eu. Eu que perguntei quem ele era. Foi para mim que ele disse quem era. E disse que estava ali para fazer o que deveriam ter feito comigo há muito tempo, você quer que eu repita? *Eu vou fazer o que deveriam ter feito com você há muito tempo.*

[...]

A surra que você deveria ter tomado no colégio. Antes de roubar sua família, de passar a vida roubando o contribuinte. Foi o que ele disse. *Você roubou o contribuinte, Vaca Mocha.* E aí a plateia do hotel ficou constrangida porque eu reagi a isso no palco? Que incômodo, a Vaca Mocha resolve pegar o microfone e reagir, coitada da plateia, não merecia isso. A plateia merecia um discurso cheio de boas intenções sobre a função da arte no combate à violência, afinal todos saíram de casa para ajudar as vítimas dessa violência, todos eles que se julgam representantes dos índios, dos negros, das mulheres de cento e trinta quilos, mas em vez disso a oportunista resolve falar para esse homem que está ao lado do palco. Ela faz o que precisa para o homem subir ao palco também. Que constrangimento ela se promover desse jeito. Ela usar isso para ganhar mais fama e dinheiro. Foi para isso que ela pegou o microfone e disse, boa noite, contribuintes. Obrigada pela presença de vocês. Eu gostaria de apresentar para vocês outro contribuinte, o nome dele é Jessé. Ele está aqui para discutir comigo a questão da arte e da violência. Não se preocupem, vai ser uma discussão rápida. O palco logo vai estar liberado para vocês seguirem com o debate. Tudo muito justo porque o debate é mais importante. O dinheiro do contribuinte é mais importante. Os impostos de vocês contribuintes via isenção fiscal para a classe artística. O que vai para o meu bolso porque eu sou uma artista e estou aqui para roubar vocês.

EXTRAS/MATERIAL A INSERIR

3

Sítio do Picapau Amarelo, *episódio sem data*. *Conversa entre os personagens Zé Carneiro, Tia Nastácia e Vaca Mocha.*

ZÉ CARNEIRO: Olha a vaquinha, eh.

TIA NASTÁCIA: Bem, esta aqui é a Vaca Mocha. É ela que você vai ordenhar todo dia de manhã.

ZÉ CARNEIRO: Tá...

TIA NASTÁCIA: Viu?

ZÉ CARNEIRO: Deixa comigo, muito prazer, viu (*virando-se para Tia Nastácia, que se afastava*), Dona Vaca.

TIA NASTÁCIA (*virando-se para Zé Carneiro*): Quê! Que isso, menino, você me chamou de vaca?

ZÉ CARNEIRO: Não, senhora, não ia fazer isso não. Falei da vaquinha mesmo.

TIA NASTÁCIA: E desde quando você fala com vaca?

ZÉ CARNEIRO: Falo, falo, sim, assim, desde pequitinho, pitinho, eu falo com bichinho, falo.

TIA NASTÁCIA (*se afastando*): É cada uma que me aparece.

ZÉ CARNEIRO: Desculpe, Tia Nastácia, eu não queria ofender a senhora, viu?

Tia Nastácia se afasta.

VACA MOCHA (*a sós com Zé Carneiro*): Hmmmm, é o jeito dela. Fica nervosa, mas tem bom coração.

ZÉ CARNEIRO: Também acho, ela parece boa pessoa mesmo. A dona Benta disse que ela faz tudo muito bem na casa. Cozinha, passa roupa. Brinca com as crianças, sobe até em árvore se precisar.

VACA MOCHA: Você entendeu o que eu disse?

ZÉ CARNEIRO: Claro, dona vaquinha.

VACA MOCHA: Mas eu pensei que gente não entendia língua de vaca.

ZÉ CARNEIRO: É? Mas eu entendo, e entendo muito bem. Eu gosto muito de conversar com bicho. Tem muito bicho que é muito melhor que gente.

VACA MOCHA: Hmmmmuuu.

MATERIAL PRÉ-EDITADO

Alexandre

Porque alguém assim, você só lida deixando bem claro... Quer falar sobre os anos noventa, deixa eu só esclarecer. Se você quer medir amor ou falta de amor. Digo, na coluna do Excel, quanto é xis menos ípsilon dividido por dois na época em que a minha mãe ligava o toca-discos... Eu estudando. Terceiro vestibular, ela entrava no meu quarto e dizia, sabe quando eu ouvi essa música com o seu pai pela primeira vez?
[...]
Cada família tem a memória que merece. Eu falei do comercial da Tarantela, agora pense num outro anúncio. *Caribe Romântico*, o Julio Iglesias tinha esse cruzeiro. Ele fazia esses shows num navio, *la vida se vive un momento*, um dia a Raquel vê isso numa revista.... A Raquel na Europa, e aí aparece com essa ideia.
[...]
A minha irmã achou tudo muito bonito, um navio que sai de Fort Lauderdale. Seis piscinas, três teatros a bordo. O Julio Iglesias cor de cenoura no anúncio, aí você olha para a pessoa

que vai viajar... A minha mãe sozinha no navio. Na primeira noite ela teve um ataque de pânico. Ela esqueceu um remédio em casa, mas se não fosse isso seria outra coisa. Ela achou que estava tendo um AVC, mas podia ser um infarto, qualquer coisa. Esses cruzeiros têm hospital a bordo, deram um calmante para ela, mas ela insistiu em descer e voltar no meio do caminho...

[...]

Uma mãe deprimida é o quê, alguém que ficou *triste*? Eu tinha visto aquilo tantas vezes... Ela no pátio do aeroporto quando voltou, nós a caminho do táxi. De repente ela senta no meio-fio e você não quer perguntar, mãe, o que houve desta vez? Você pensa, pelo menos vamos para casa antes. Pelo menos hoje, depois dessa trabalheira toda de viagem, ela bem que podia aguentar até a gente pegar o táxi e largar as malas. Mas não, tem que ser ali. A ladainha. E não tem como você não pensar... A pessoa senta para chorar no meio-fio do aeroporto e é *você* ali, de novo.

[...]

Se você é filho de alguém assim e quer fingir que isso não acontece... Ainda mais quando não está no dia a dia. Se você está em Londres, se no máximo gasta vinte minutos num interurbano de domingo... Desculpa a repetição, mas é fácil a Raquel encher a cabeça da mãe num telefonema. A filha resolve dar esse presente para a mãe, que ideia brilhante, um cruzeiro que vai *justamente lembrar o que ela não deveria lembrar*, e quem é que vai se opor? Eu vou dizer para a minha própria mãe não tirar uns dias de descanso? Mais nostalgia do meu pai. Mais neurose com Julio Iglesias. De novo o monstro que não acha isso a coisa mais saudável do mundo, mas tem coisas que o Excel não separa. Você pode fazer uma coluna de amor e outra de dinheiro no Excel, mas na hora que importa... É só não ser ingênuo. Palhaço. Vê se as duas colunas não viram uma coisa só.

Alexandre

Claro que só um monstro pensa nisso tudo, hã? No estado da minha mãe, depois do que ela tinha passado naquela merda de navio, você acha que ela resolveu do nada chorar no meio-fio do aeroporto e falar com o monstro de um jeito... Eu não tinha dito nada para ela sobre o cruzeiro. Nem um pio, isso que você acha... Ai, que vulgar. Falar do preço da brincadeira toda. Tinha a passagem, a opção de quarto sem vista, com vista no fundo... A *suíte marinheira* com vista direta para o mar azul, qual dessas opções você acha que a minha irmã escolheu?
[...]
Eu sei que tudo soa mesquinho. Mas de novo, não é só a despesa. A viagem foi em noventa e quatro, eu sei porque já era o Plano Real, campanha do Fernando Henrique, eu só estou falando disso porque nessa época o cartão de crédito... Digo, o juro. O câmbio. Os bezerros iludidos pelo Ibrahim Eris da vez, mas claro que o sinal de amor na coluna do Excel é a minha irmã pegar o cartão... Era só fazer o cálculo, que bonitinho. A prince-

sa resolve ser generosa com a mãe usando um dinheiro que não é só dela.

[...]

Eu só tinha falado sobre o preço da viagem para a minha irmã. Eu e ela no telefone sem ninguém mais ouvindo, e aí no aeroporto... As palavras da princesa reaparecem assim, pá. A minha mãe senta no meio-fio e diz, você está satisfeito agora? Finalmente você provou que estava certo. A Raquel não deveria ter me dado esse presente. Ela não devia nem ter *pensado* em dar. A partir de agora eu não vou deixar ela gastar mais nada comigo.

[...]

A minha mãe disse, eu não vou gastar mais nada também. Eu não vou nem sair de casa se você não quiser, porque esse é o meu lugar. Eu vou ficar trancada até morrer. Tomara que seja logo. De preferência sem dar despesa, sem tirar nenhum pedaço da herança de ninguém.

[...]

Eu não quero ficar remoendo isso, não faz diferença a esta altura. A minha mãe morreu faz um ano, eu tenho a minha vida. Eu não me arrependo de nada, pelo contrário, olha onde estou agora, mas é claro que isso de noventa e quatro... Digo, seria melhor a viagem não ter acontecido? A briga na volta. Se essa pergunta fosse neutra, sim ou não, sem considerar que por causa dessa briga as coisas começaram a mudar... Não é questão de coragem, é só um momento em que o cara diz, o que eu estou fazendo aqui? A obrigação de cuidar dessa casa. O terceiro vestibular para administração. O que o meu pai queria que acontecesse depois da morte dele, é desse jeito que o meu esforço é retribuído?

[...]

Se tudo fosse uma escolha neutra, claro, sim, eu preferia não ter tido nenhuma briga em noventa e quatro. Mas também o jeito como a vida se encaminha... De onde você tira a sua força. Eu comecei a trabalhar nessa época, por causa disso, você não tem noção da diferença que é pelo menos sair de manhã... Ver gente. Pensar em outras coisas. Os planos que você começa a fazer, porque na superfície tudo parece igual. A minha mãe se queixava da saúde, dos remédios. Eu ia junto com ela no médico, ajudava em casa, mas ela não conseguia *perceber*. Para ela, eu virei o filho que só pensava na conta bancária. A minha irmã fez a cabeça dela, você vai dizer que não tinha nenhum interesse aí?

Raquel

No fim é isso, tudo como sempre foi. A vaca jogada no lixo porque mente e rouba. Sempre a mesma acusação, do mesmo jeito, não podia ser diferente no Hotel Standard nem aqui.

[...]

Você já reparou como esse tema entrou na discussão? O meu irmão é que resolveu dizer que era o administrador da herança. É uma versão útil, convenhamos, ele teria sido nomeado pelo meu pai numa conversa. Ninguém presenciou a conversa, o meu pai não sabia que ia morrer nem nada, mas veja bem, eu tinha que engolir o conto de fadas dele dizendo para o Alexandre o *oposto* do que sempre disse para mim. Para mim ele dizia, foi para isso que eu trabalhei quarenta anos. Foi para isso que eu criei meus filhos. Isso era um sonho para o meu pai, eu estudando na Europa enquanto ele tinha sido pobre, só conseguiu ir até o ensino médio.

[...]

Existe uma diferença entre o dinheiro ser meio e fim. Eu posso dizer tudo sobre o meu pai, menos que ele era dessas pessoas que fazem a infância dos filhos girar em torno de um cofrinho. Se você passa semanas enchendo o cofrinho de moedas, depois gasta tudo comprando uma coisa sem importância que vai esquecer em dois dias, qual das duas lembranças vai ser mais marcante?

[...]

Eu lembro das conversas que tinha com o meu pai na época da Barnold. É uma escolha passar a vida contando os centavos. Todos os meus anos na Europa, e o que eu tenho a dizer é se o meu aluguel era caro ou barato? Se eu andava de metrô ou táxi? Eu ligava para o meu pai aos domingos, e se o telefonema tivesse meia hora, digamos, uma hora, eu duvido que a gente falasse por mais de um minuto sobre dinheiro. Teve toda a história da fábrica, o Plano Collor, depois a falência, mas o meu pai nunca quis falar a respeito. Eu *tentava* falar, mas ele sempre mudava de assunto e dizia para eu não me preocupar. O importante para ele era saber como eu estava vivendo em Londres. No que eu estava pensando. Como eu estava me sentindo. Ele achava que podia entender como eu me sentia, por isso é tão triste pensar no meu pai, nessa época, não era a despesa de uma estudante de arte que ia fazer alguma diferença.

Raquel

Até porque o dinheiro durou anos ainda. Mesmo com a morte dele, a situação da minha mãe, talvez você ache insensível falar desse jeito, mas é o que desmente o blá-blá-blá do Alexandre. Eu passei muito tempo brigando com o meu pai, mas pergunta se nessas brigas tinha um tostão envolvido. O episódio da oitava série, por exemplo, você acha que ele bancou a minha vida em Londres para compensar algum tipo de culpa? E que eu aceitei ser bancada porque queria explorar essa culpa? Receber uma compensação? Só quem não tem ideia das diferenças que eu tinha com o meu pai imagina que as coisas podem ser tão pequenas.

[...]

Quando o meu pai morreu eu vim ao Brasil pela primeira vez desde que fui estudar fora. Não tinha voo no dia em que eu soube da notícia. Eu fui direto do aeroporto para o velório, quarenta e oito horas depois, e foi só botar os pés na capela que eu comecei a chorar. Eu já ouvi que quem perdoa está numa posição de poder, você é que decide se a vida de todos pode ou não ir em frente depois de tudo, mas eu também sei que antes disso você não tem poder nenhum. Porque você tem que passar de novo pelo que queria esquecer. Você remói o passado. A pessoa é obrigada a isso, eu estava no enterro do meu pai e no que você acha que eu pensava? Ele morreu com essa ilusão, achando que tinha feito o melhor para mim desde que nasci. A infância toda. A oitava série. Ele achava que eu poderia ser igual a ele depois do que aconteceu na oitava série, o meu sucesso nos estudos era a prova, uma vaca mocha a caminho dos cento e trinta quilos com orgulho, *confiança*.

[...]

Como você perdoa a ilusão de alguém? O meu pai era desses que acreditam que tudo é questão de vontade. Que não existe o lugar de onde você parte, as limitações. A época em que você foi adolescente. A cidade, o país. A sua genética quando vai ficando mais velha. Uma estrutura montada para fazer você lembrar disso a cada minuto. Ele morreu repetindo uma frase, *o que você quer é o que você é*, então era só eu esquecer os meus anos todos no Brasil. Os meus anos na Europa. A minha vida *depois* de voltar da Europa, a repetição da repetição até acabar num palco de hotel apanhando na frente de seiscentas pessoas. É só trocar essa experiência toda pelas migalhas de uma carreira, é isso? Você esfrega o sucesso de artista na cara dos outros e está curada da doença que é ficar olhando para trás, para dentro?

[...]

Existe uma diferença entre jogar alguém no inferno e construir esse inferno. Dedicar a vida a essa construção, fazer disso um patrimônio. Uma identidade. Ou então manter a ilusão, você acha que vai ajudar a pessoa. É essa a comparação que dá para fazer, o meu pai nunca fez nada de mal para mim porque queria ficar rico. Ou poderoso. Ou porque tinha prazer em destruir a vida dos outros. Ele é diferente do meu irmão por muitos motivos, mas principalmente esse. O meu irmão nunca na vida ajudou alguém de graça. Nunca disfarçou nada. Nunca vai ter uma desculpa para a época do colégio, dos trotes da Vaca Mocha, tanto que continuou fazendo a mesma coisa depois.

[...]

É o que ele faz até hoje. É o que ele *é* hoje, basta olhar para o que ele prega. O que ele acumulou por causa da pregação. Nessas horas a biografia da pessoa é a prova, tem o resultado material, o resultado emocional, você olha e sabe qual é a ideia de perdão ou falta de perdão que tem ali. A ideia de sofrimento. De sacrifício, duvido que não dê para ver como tudo se aplica nesse caso.

Alexandre

Boa sorte para quem acha que uma herança não muda uma família. O cruzeiro do Caribe foi isso. A briga no aeroporto foi isso. Mas eu dou graças a Deus porque foi isso que me abriu os olhos.

Raquel

Você pode dar vários nomes para o sacrifício de alguém. Nesse caso, daria até para usar a palavra *vocação*.

Alexandre

Se você pega aquelas perguntas sobre carreira que fazem no colégio... Os formulários que botam um aluno para preencher. Se o teste aponta que alguém deve fazer vestibular para administração, qual é o critério? O cara dizer que quer estudar gerenciamento de estoques? Por favor. Umas psicólogas de merda. Isso quando não dão três opções óbvias, a psicóloga pergunta se o aluno quer ficar rico, empregar pessoas, porque é o assunto que essa gente acha... Edifício, pá, engenharia. Doença, pá, medicina.
[...]
Eu não estou dizendo que um teste vai decidir... Mas tem um erro de método. Todo mundo quer ganhar dinheiro na vida, mas tem uma diferença entre ganhar dinheiro pelo dinheiro... Essas coisas não são um objetivo, é diferente, como se você... Como se fosse um chamado. Você nem conseguiria fazer outra coisa. Você olha depois, os desvios todos, e no fim o caminho estava sempre ali. Você foi empurrado para aquilo porque tinha alguma coisa dentro de você.
[...]

Você não pode ter um negócio sem conhecer o assunto desse negócio. Ninguém conhece direito um assunto se não gosta dele. Ou tem afinidade. Ou sente aquilo como se fosse... Eu estaria aqui se aos vinte anos tivesse aberto um restaurante? Uma loja de tecidos? Eu faço esporte desde criança, e esse foi o meu primeiro emprego. Foi isso que me salvou, um amigo de colégio que abriu uma academia, ele era rico, usou o dinheiro do pai. O que eu tinha na mão àquela altura? A minha *perspectiva*. Mas não é só sorte, tem isso do caminho na sua frente. É só olhar para ele. O meu negócio nunca foi gerenciamento de estoques. Nunca foi ter ou não diploma de administrador.

Raquel

Acho que essa é a palavra mais correta. *Vocação* é o que nunca faltou para o Alexandre.

Alexandre

O que as pessoas acham que é uma faculdade de educação física? O cruzeiro do Julio Iglesias foi em agosto de noventa e quatro. O novo vestibular era no fim do ano. Eu desisti de fazer administração de empresas nas primeiras semanas trabalhando na academia. Digo, não *desisti*, foi ali que eu comecei a me tornar... Essa foi a minha verdadeira escola. Eu era subgerente, a academia era um spa de playboy, até a flanela essa gente quer que você passe para eles, mas você ouve eu me queixando? Ai, eu fiz trabalho de faxineiro. Pelo contrário. A história do meu negócio começa ali.

[...]

A história do meu negócio começa quando termina a história da faculdade de administração. Quando eu passo naquela merda de vestibular, janeiro de noventa e cinco. Eu acordava às seis da manhã, ia de ônibus para a faculdade, o cara acha que educação física é passar o dia jogando futebol ou vôlei, mas você tem aula de ética. Bioquímica. Anatomia. Não é anatomia com cadáver, que nem na medicina, mas mesmo assim.

[...]
Eles usam peça de acrílico. Você estuda metodologia, a parte pedagógica. Eu aprendi a lidar com sequelado, deficiente visual, eu tinha o trabalho na academia até dez da noite, mas você quer saber? Eu *gostava* de chegar moído em casa. Eu jantava a comida do micro-ondas, desmaiava na cama. O que você consegue com suor, é essa a lição que dou para os meus filhos. Se o seu pai é um mendigo que fuma crack, esse é o exemplo que eles têm. Se seu pai é ladrão, estuprador. Agora, se seu pai trabalha o dia todo e bota o feijão na sua frente... A minha irmã vai passar o filme dizendo que o problema dela é a coluna de amor no Excel, mas vê como ela falava comigo sobre *esse* assunto... Eu dizia para ela, você por favor não fale mais de mim para a minha mãe. Por favor se abstenha de falar de mim para *qualquer um*. Você não sabe nada do que a gente está passando no Brasil, as contas, o meu trabalho, então você pega esse seu discurso...
[...]
Ela nunca parou com esse discurso. Ela continuava agindo como se existisse uma fábrica fazendo estrados de cama sem fim. Pés de cama. Encostos de cama, um fluxo de dinheiro eterno para as camas da metalúrgica pagarem o circo da princesa, e aí nos telefonemas ela resolve cagar regra... Ela dizia, desculpa, Alexandre, eu não deveria estar contando nada da minha vida em Londres. Você vai ficar tão preocupado. O seu pedaço da herança vai ficar comprometido, não vai? E aí a minha mãe repetia tudo depois, se eu fizesse *qualquer comentário* sobre *qualquer coisa* que tivesse a ver com o custo da Disneylândia das duas... A minha irmã dizia, que autoridade você tem para decidir o que eu posso ou não gastar? O que a minha mãe pode ou não pode fazer? O presente que eu quero ou não dar para ela, o dinheiro é seu, por acaso? Você vai querer bancar o que agora, o grande administrador porque limpa o chão da academia do amiguinho?

[...]
Tinha isso do diminutivo. O que a pessoa acha que está conseguindo fazer, ela pensa que vai humilhar você usando esse tipo de coisa. É o recurso mais forte que ela acha que tem, cada frase do tipo o seu amiguinho manda você passar paninho? Você limpa o suor dos aluninhos? Só porque você é tão burrinho que nem conseguiu passar num vestibular decente?

Raquel

O problema é como essa vocação foi despertada. Por exemplo, você acredita em coincidências? O inventário do meu pai ficou pronto em noventa e quatro, esse foi bem o ano em que a minha mãe viajou para o Caribe. Você junta todas as coisas, o meu irmão trabalhando com o amiguinho, começando a ter ideias de como fazer um negócio próprio como o do amiguinho, não é o timing perfeito? O pretexto que ele estava esperando.
[...]
A volta da minha mãe do Caribe foi o melhor pretexto que o Alexandre poderia encontrar. Foi ali que ele vislumbrou o jeito de tornar a vida dela um inferno. Ela tinha passado quarenta e oito horas fora. Dois voos internacionais. Uma noite num navio onde achou que ia morrer sozinha, no meio do oceano, é aí que o meu irmão descobre o ponto fraco que estava procurando.
[...]
Foi isso que ele fez durante quatro anos, martelar nesse ponto até conseguir o que queria. Até a família concordar que precisava chegar a um acordo, veja bem, em noventa e oito, ia ser bom

para a saúde mental de todos. Eu lembro do meu irmão no telefone dizendo isso, *não dá mais para ficar nessa neurose*. O meu irmão disse, não tem orçamento que resista a tanta neurose. Não tem *planilha de despesas*. Para alguém que passou dois anos estudando e mesmo assim só entrou numa faculdade vagabunda, até que era um plano elaborado, não? Para alguém tão limitado. Tão burrinho, coitadinho.

[...]

Você tinha que ver, era quase comovente. O coitadinho fez essa planilha. Quanto a minha mãe custava por mês, quanto eu custava, quanto ia demorar para não ter mais a herança caso a gente não vendesse o apartamento. Então a família é convencida a fazer isso, o menor dos males, a solução para o meu irmão parar de tratar a mãe como lixo. E a mãe parar de chorar por ser tratada como lixo. E eu parar de ouvir ela dizer o que ele dizia para ela se sentir um lixo.

[...]

O meu irmão dizia para a minha mãe, por que você não morreu naquela merda de navio? Por que não morre de uma vez em vez de ficar enchendo o meu saco com essas suas merdas? Você e essa merda de depressão. Essas merdas de remédios. Essa chantagem emocional de merda.

[...]

Ele começou a dizer isso no aeroporto, quando buscou ela da viagem. Ela botou os pés no Brasil e ouviu isso. Depois passou o resto de noventa e quatro ouvindo. Noventa e cinco. Noventa e seis. Noventa e sete. Toda vez que os dois brigavam ele acabava voltando ao mesmo ponto, tudo para a mãe e a irmã desistirem de torrar a herança que ainda precisava ser dividida. Vender tudo de uma vez, garantir a parte dele em noventa e oito, estancar a sangria antes que fosse tarde.

[...]

Como é boa a harmonia familiar à distância, não? Quando cada um vai para um lado. A minha mãe foi para um apartamento menor comprado com o dinheiro da venda do maior. Eu voltei para o Brasil e usei a minha parte para ajudar a minha mãe. Quanto ao Alexandre, bem, acho que é *nessa* parte que a vocação aparece. Você pode perguntar para ele sobre esse dia, quando ele termina de botar no bolso a porcentagem que tinha direito na herança. Quando ele me procura e apresenta um número. O total que eu tinha gastado na Europa durante tantos anos, e que ele não aproveitou porque estava cuidando da minha mãe. Cumprindo a tarefa que ele dizia que o pai deu para ele. Fazendo o sacrifício que agora passava a ser meu, a partir dali o problema da minha mãe era comigo, porque o dinheiro do meu irmão ia ser usado para outros fins.

Alexandre

É por isso que eu falo de hipocrisia. *O importante é ser, não é ter*, tudo separadinho no Excel, mas você já pensou no que significa essa frase? Quando você ataca a profissão de alguém. O que essa pessoa juntou trabalhando a vida toda, qual o alvo da minha irmã quando fala essas coisas todas sobre... Até hoje, quando ela ataca o meu negócio. A minha vida não tem nada tirado de ninguém. As contas da minha casa. O que eu ponho na mesa dos meus filhos.

[...]

As coisas são simples para quem faz soma e divisão, desculpa. O cálculo que eu fiz logo depois da morte do meu pai. A gente tinha basicamente o apartamento, as joias, o resto de dinheiro que ele conseguiu recuperar depois do Plano Collor. Naquele ritmo a família estaria na merda até o início dos anos dois mil, a minha mãe teria menos de sessenta anos, nenhuma renda, eu estaria em qual semestre da faculdade? Em qual função na academia do meu amigo? Se eu continuasse trabalhando lá. É a diferença entre torrar o que não tem na Europa e se preocupar minimamente com o futuro.

[...]

A diferença entre ter se aproveitado ou não do meu pai. Quando a gente vendeu o apartamento em noventa e oito eu me limitei a mostrar... Eu disse, olha aqui, princesa, depois de tudo o que os maravilhosos Nunes Tommazzi fizeram por você... Agora que você está formada. Que já pode enganar os trouxas com essa conversinha de artista, não é a sua vez de ajudar um pouco? De pegar a sua parte e ser um pouco responsável? Mas claro que não adiantou. E claro que o veneno ia chegar na minha mãe. *Essa* é a versão que ficou, foi por *isso* que a minha mãe brigou comigo. Agora pergunta a minha versão. O que eu tinha feito até ali, o que eu vislumbrei dali para a frente.

Raquel

O dinheiro dele ia servir para montar um *império*.

Alexandre

Para mim era muito claro. Eu tinha uma tacada só, e alguém poderia segurar as pontas enquanto isso. Eu acho engraçado porque enquanto fui eu que me fodi para a minha irmã ter escolinha de artes... Não era justo? Quantos anos entre eu sair da academia do meu amigo, terminar a faculdade, fazer o estágio do último ano... Até o capital que investi no meu negócio dar resultado e eu poder de novo ajudar a minha mãe.

[...]

Quer brincar de ter e ser? Isso é o que eu me dispus a dar para a minha mãe nos anos dois mil. Eu ofereci essa ajuda quando tive condições de oferecer. Quando o meu negócio já permitia isso, mas é claro que ela não aceitou. Esse é o meu papel na história, mesmo que passem a vida dizendo... Ai, o monstro que não chorou no enterro da mãe. O monstro que não acha que a mãe foi uma santa. Ele não morre de saudades da mamãezinha querida, não se emociona quando fala dela no filme, que merda, mamãezinha querida, como eu lamento que você não tenha deixado eu ajudar você. Que você tenha engolido a versão que a sua filhinha inventou sobre mim.

[...]

Que merda você nunca me perdoar por coisas que eu disse tantos anos antes. A época em que eu era ofendido por você, pela sua filhinha. As duas me chamando de interesseiro. O oportunista. O ladrão. A época em que eu estava nervoso, apavorado com o futuro de todos. Nos anos noventa eu respondia assim porque era o *único jeito*... Era como eu tentava convencer você a tomar uma atitude. A evitar que a família terminasse na sarjeta. A acordar, sair da depressão, já que da Raquel eu não esperava nada.

[...]

Que merda você não ter conhecido os seus netos. Que merda você ter dito, espero que meus netos tratem você melhor do que você me tratou. Respeitem você mais do que você me respeita. Gostem de você do jeito que você nunca vai gostar de mim.

[...]

A minha mãe disse, você nunca gostou de ninguém. Eu espero que os meus netos não sintam a tristeza que eu sinto quando olho para você. Eu pus você no mundo. Eu limpei as suas fraldas. Eu criei você para você se transformar nisto.

[...]

Que merda ser chamado pela própria mãe de monstro. Que dor no coração que dá, o Livro de Jó de cada um. Principalmente no caso da princesa, porque ela vai ter a recompensa no fim. Ao contrário do irmão monstro, ela chorou nos dois enterros. Como vai chorar em frente à sua câmera, a filha que *perdoou o pai*. Que *se dava muito bem com a mãe*. Que derrama todas as lágrimas em cima do caixão da mãe, aí na hora em que eu vou demonstrar algum sentimento... Eu encontro a Raquel no enterro da minha mãe, um ano atrás, depois de tanto tempo... Desculpa, mas o sentimento que eu tenho para demonstrar não é amor. Não é tristeza. Não é saudade. Eu poderia não ter ido ao enterro? Indo ao enterro, poderia não ter caído na provocação da minha irmã? Em pleno cemitério. Quem sabe *não olhar para a minha irmã* teria evitado a minha reação. Não ver mais uma vez o que está ali para ser visto.

Raquel

Eu acho que agora a gente já pode falar disso, não pode? Existem vários tipos de império, você pode dar muitos nomes a eles também. Império do homenzinho rico. Império do homenzinho esportista e popular. Império do homenzinho que tem lições a dar em nome da vocação. Já eu prefiro chamar de império dos milicianos.
[...]
O que é um miliciano para você? Um ex-policial mafioso do Rio de Janeiro? Um sujeito que vende gás e tevê a cabo em troca de proteção numa favela, e que mata quem não paga pelos serviços? Bem, *isso* o meu irmão não é. O Alexandre mora em São Paulo e não vende gás nem tevê a cabo, mas eu estou tão errada de chamar ele desse jeito? Ele reclama das coisas que eu digo em público, mas olha o que ele diz. O que ele faz. Em público e em privado. Sozinho e com os jagunços dele. As mesmas coisas que ele sempre disse e fez comigo, com a minha mãe.
[...]
Faz um ano que a minha mãe morreu. Eu encontrei o Ale-

xandre no enterro. Sobre os anos antes do enterro ele pode falar em várias sessões de entrevista, mas quem sabe você pula essa parte. Essa parte é muito conhecida, todo mundo já ouviu o meu irmão falando a respeito. É a sugestão que eu tenho para o seu filme, quem sabe você vai direto para outra cena. Qualquer história de vocação tem esse momento, quando o pecador se transforma em exemplo de fé na frente da plateia. O pecador entra no rio todo vestido de branco, ao lado do pastor, ele mergulha nas águas sagradas e quando emerge virou outra pessoa.

[...]

Ia ser muito bom você mostrar isso no filme, só que a transformação aqui não é religiosa. Na verdade, o caminho é o contrário. Em vez do miliciano que mergulha para ser batizado, é o homenzinho de fé que se transforma em miliciano na frente da sua câmera. Basta você usar o gatilho certo. A pergunta certa para não ter mais reza, não ter mais sermão, não ter mais exemplo de nada para ele oferecer.

[...]

Todo mundo tem sua criptonita, não tem? É só você ir direto para essa cena no enterro da minha mãe, você olha para o Alexandre, foca o rosto dele, bota um zoom na câmera porque este vai ser o melhor momento do filme até agora, e pergunta o que ele me disse na saída do cemitério.

Alexandre

Você quer ver uma coisa, eu trabalho com isso há muito tempo. Você pode ir no bairro mais pobre, pega um cara qualquer ali e pergunta se o problema dele... Se ele tem um médico. Um psicólogo. Doze horas por dia na merda, a marmita que esse cara leva para o trabalho. O salgado de merda que ele compra no ponto de ônibus. Olha a *vontade*, um pedreiro, um vigia que passa a noite sentado numa cadeira de plástico, você vai dizer que não tem diabetes em bairro pobre. Depressão. Dá para saber pelo aspecto da pessoa, não tem nada a ver com dinheiro, não é a marca da roupa porque uma coisa é não poder comprar na loja da moda... Uma coisa é usar roupa velha, mas você obriga os outros a aguentar o cheiro dessa roupa? O seu cabelo cheio de sebo. O que impede a pessoa de tomar banho, usar desodorante? Mas não, a pessoa joga em cima dos outros essa escolha. Ela inventa toda uma história que culpa os outros pelo que é culpa só dela.

[...]

Porque essa é a empáfia dela. Ai, cantaram uma musiquinha

quando eu tinha catorze anos. Isso me dá direito de passar o resto da vida chamando os outros de ladrão. De monstro. Inventando coisas sobre os outros, envenenando a cabeça da própria mãe. Tudo o que a minha irmã inventou para a minha mãe foi com que intuito mesmo? Olha como a minha mãe terminou. Dois netos que ela não conheceu. Um filho que ela preferiu rejeitar porque a princesa encheu a cabeça dela. O filho que vai ao enterro da mãe... Todos esses anos, eu ali. O jeito que eu respondi às acusações todas foi *esse*. Eu mostrei que eu sou *esse*. Eu transformei a tentativa de humilhação em trabalho, em orgulho para os meus filhos. Eu no cemitério, na frente da minha irmã. Acho que é o cenário ideal para essa história. Tudo morto, todos mortos, menos o que sobreviveu porque se *recusou*... Você vê alguma lágrima no meu rosto em dois mil e dezoito? Pois é, foi isso que restou. É isso que você pode ter de mim.

[...]

Quer brincar de ter ou ser? O que você tem é o que você é, isso não vale para as suas roupas? O seu cabelo. Como a pessoa se apresenta. Na saída do cemitério mesmo, no enterro da própria mãe, e aí eu não posso dizer, primeiro você toma um banho. Bota um desodorante, Raquel. Se olha no espelho primeiro. Oquei, eu não vou repetir nada disso no seu filme. Podem ficar tranquilos, eu não vou dizer nada que ofenda a sensibilidade da expressão interior da plateia da Alemanha. Agora, o que o cara pensa... O sentimento de cada um nessa hora. O instinto, pá. Isso também é uma questão de valores. Olha para a minha irmã, agora olha para mim e vê se quero passar o resto da vida discutindo... Vê se eu quero fingir que isso não tem *nenhuma* importância. Foi isso que eu precisei dizer no cemitério. Só porque a Raquel tem um problema de peso, como se a culpa fosse *minha*.

MATERIAL BRUTO

Alexandre

Você fala desse jeito imitando o Jessé... Vocês dois se conhecem há vinte anos, é isso?

Não, vinte anos é o Duílio. Ele me apresentou o Jessé depois. Eu não sei quanto tempo faz, quinze anos. Talvez um pouco mais.

Isso é importante porque sua irmã disse que ele usou um apelido que aprendeu com você.

Comigo? Ela passou a vida repetindo isso. A historinha da oitava série, você certamente... Quando você ouviu falar da minha irmã a primeira vez?

A história da agressão?

A história dela toda.

Eu vi uma reportagem na Alemanha sobre a agressão.

Pois é. Se você tivesse ouvido antes saberia. Sabe como *eu* sei? As pessoas vêm falar comigo. Olha o que a sua irmã fez. O que a sua irmã disse. A carreira toda dela, dois mil e dezoito e ela está falando disso ainda, quem você acha que é o alvo da historinha da oitava série? O que você faria, por exemplo... Você não tem filhos. Não tem marido.

[...]

Você já teve um marido. Agora você imagina se ele fosse artista, aí toda vez que ele dá uma entrevista...

O meu marido não vem ao caso.

Se em toda entrevista do seu marido você fosse o assunto. O que você disse para ele num almoço não sei quanto tempo atrás. Numa briga. Um segredo qualquer, as coisas que todo mundo conta para quem conhece de perto, isso vira para sempre a história da cineasta alemã Brenda Richter. Mas você não pode reagir. Claro, você tem é que ficar quieta. Pedir desculpas por ser citada pelo grande artista que é o seu marido.

A gente pode voltar para o Jessé? Você conheceu ele quinze anos atrás, ou um pouco mais. Para a história que você conta faz diferença. Como eram as primeiras conversas de vocês no Império?

Na época não tinha Império.

Na primeira academia que você abriu, como eram as conversas? Você, pastor Duílio, o Jessé logo depois.

Essa primeira academia não tem *nada* a ver com o Duílio. O Jessé falar igual ao Duílio, ou igual a mim, que falo igual ao Duílio, por favor essa papagaiada... Como que o Duílio fala, você sabe?

Eu vi o programa dele.

Pois é, mas como ele *fala*? Ele usa essa expressão, por exemplo? *O anjo do enxofre*, isso está em algum sermão dele? São coisas que aparecem na hora, eu falei isso porque estava tentando... Quando você conta uma história. Quando diz uma coisa com raiva. O Jessé diz uma coisa porque está bêbado, fodido, o cara perdeu a filha e foi a um boteco se afundar na cachaça, agora sou eu que tenho que explicar se ele chamou a minha irmã de princesa ou de outra coisa? Como você chama uma pessoa dessas?

Uma pessoa dessas *em que sentido?*

Estou só dizendo que isso pode vir na cabeça. O Jessé estava com raiva e falou o que apareceu na hora. Ele poderia ter chamado a minha irmã de qualquer coisa, mas usou esse... Essa expressão. Você quer que eu use a expressão de novo, aí você corta a pergunta e o filme deixa só eu ali... Vai ficar bom para você continuar me mostrando como filho da puta, mas sinto informar que é assim que muita gente pensa. O cara olha para a Raquel e pensa isso.

[...]

Eu não estou dizendo que isso... Deixa eu explicar uma coisa. Pega outro exemplo, não precisa ser o Jessé. Pode ser um cara normal qualquer, o que ele pensa enquanto treina? Ou pode pensar.

Como?

Quando ele faz exercício. Tem gente que nunca pisou num bairro pobre. Quer trabalho social de verdade, primeiro conversa com quem mora lá. Pergunta o que esse cara quer da vida, o que ele *não* quer. Esse cara vê televisão, as coisas que passam o tempo todo martelando... Os valores. É só olhar pela janela. Na academia do meu amigo playboy, nos anos noventa, você sabe como funciona esse tipo de negócio? Os spas de luxo. O meu amigo abre uma academia que parece um spa de luxo em noventa e quatro, aí quebra uns anos depois. Essa época toda é a que coincide, isso que você vê hoje no Instagram... Digo, isso já existe desde os anos setenta, mas era diferente. Nos anos setenta tinha o cooper, um cara do Exército americano descobriu esses testes de corrida, a seleção brasileira foi atrás. Pelé e o cacete, os caras treinando na praia e uns buracos com peso livre e cheiro de suor, mas nos noventa é que descobrem o status. Porque playboy não quer cheiro de suor pelo cheiro de suor. É toda uma imagem, um sistema. Se você for ver as academias de hoje tem uma coisa muito parecida.

[...]

Uma mensalidade dessas hoje é quinhentos, seiscentos reais. Pode ir a mil, dois mil. O meu amigo importou vários desses aparelhos no Plano Real, eu lembro de um remo... Tinha leg press e bicicleta, isso todo mundo conhecia no Brasil, mas esse remo era um negócio acolchoado com um encaixe de pino... Se você é playboy quer que a porra do pino gire na porra do bloco de ferro sem trancar, sem fazer força. O pino entra e gira, aí a correia não faz nenhum barulho porque o peito do cara só vai pegar massa se ele pagar *cada centavo*... E aí é foto no Instagram. Na época não tinha Instagram, mas é a mesma coisa. Tem o instrutor, a secretária. A música. A roupa que o playboy usa. O colégio onde ele estudou.

Quando você diz valores...

Mas é isso que estou dizendo. Isso não tem nada a ver com o jeito que eu falo ou deixo de falar. É uma coisa que já estava comigo, não tem influência de pastor nenhum nesse início. Eu nem conhecia o Duílio, como que ia ter?

[...]

Você quer atacar o que eu construí no Império? Hoje o Império tem dezoito academias. Tem funcionário, gente que treina lá todo dia... O entorno todo, ir contra isso é ir contra os meus valores. Quando eu falo do desodorante da princesa... A banha, o que *qualquer criança* pode ver. Sabe quantos cliques precisa para chegar à banha da minha irmã? Doze arrobas, não sou eu que diz, ou você não clicou também? Você leu a notícia da surra e se contentou com isso, não clicou para conferir o que ela fez em cima do palco do hotel? Antes de subir ao palco. Antes dessa palhaçada de seminário, de Banco Pontes.

[...]
Você quer falar de valores, pense no que as pessoas veem no celular. No que os filhos delas aprendem na escola. Agora pense no que a minha irmã faz, o mercado que ela criou... A pessoa se comporta como um pedaço de carne. O público vai no museu e vê um pedaço de carne. Passa gente pelo museu todos os dias, mas o pedaço de carne não está interessado nos filhos dessas pessoas... Claro. A minha irmã está interessada em apontar o dedo é para quem pode abrir a carteira... A culpa por eu ser um pedaço de carne é *sua. Você* é que me forçou a isso. Essa foi a primeira lição que a artista independente Raquel Tommazzi aprendeu, apontar o dedo e esperar que o acusado sinta tanta culpa, ai, ela tem razão, o pedaço de carne só existe por causa da *violência estrutural*... E aí o acusado paga quanto para calar a boca da artista?
[...]
É uma questão de mercado simples, Brenda. Você tem o Itaú, o Bradesco, o Banco Pontes. A minha irmã ganha bolsa do instituto cultural de um. Vende obra para outro. Fala no eventinho sobre violência estrutural pago pelo terceiro. Tudo termina num hotel de luxo, num cachê. Em autopromoção.
Sobre isso de mercado...
Você quer ver a diferença? Do meu mercado para o mercado da Raquel. Para o *seu* mercado. Olha quem é a minha clientela, vê o que eu dou de volta. Vê se tem enganação no Império, pega o cara que sai às nove da noite do treino na academia, ali não é só gente pobre. Tem pedreiro e dono de loja. Uber. Dentista. Não interessa, vê se um cara desses vai desperdiçar o que ganhou com o próprio suor... Eu entrego cem por cento do que eu prometo, nem uma gota a menos.
No seu mercado, ou o que você chama assim...
Foi você que chamou assim.
Eu chamei assim, oquei. No seu mercado...

Você chama assim porque sou eu. É mais fácil. Aí no caso da artista independente Raquel Tommazzi... No seu caso mesmo, afinal são duas artistas. Você não está aqui pelo dinheiro, claro. Não está se promovendo em cima dessa história. Isso não vai ajudar a *sua* carreira de cineasta...

Alexandre...

Me desculpa, mas o mundo sempre deve alguma coisa para você? Para a minha irmã. Não existe uma realidade lá fora, um país onde se mata por um chiclete? O Banco Pontes faz alguma coisa contra o crack? O tiro no baile funk. Tem o cara que trabalha às seis da manhã, tem o que reza para o anjo do enxofre.

Oquei, Alexandre, a sua irmã tem o mercado dela. Eu tenho o meu. Agora vamos voltar para o seu mercado?

Eu nunca me neguei a falar dessas coisas. Eu tenho um passado. Eu tive uma infância de playboy também, por favor, não é só o jeito como eu falo... Eu não falo que nem um cara da Zona Leste, mesmo os bairros melhores da Zona Leste. Nem da Zona Norte. Nem do interior. O vocabulário, é só você *ouvir*... E não é só isso, porque é só olhar para mim... A minha cara. A minha roupa. Mas eu não preciso estar preso a isso. Se eu deixei isso para trás foi porque fiz uma escolha. Eu escolhi não ser como o meu amigo da academia, como os playboys que iam no spa dele. Se o seu negócio é só dinheiro, na hora que bate o primeiro ventinho...

[...]

As pessoas não se dão conta de que vivem num chiqueiro de país. Na época do Plano Collor, do Plano Real, podia ser um chiqueiro sem inflação, cheio de tralha importada, mas ainda assim é um chiqueiro. É a mesma história sempre, qualquer empresário no Brasil confirma isso, quantas vezes o cara tem que desviar do Ibrahim Eris... Você conta os períodos de ilusão. Digo, para quem é idiota de se iludir. Quatro em quatro anos. Oito

em oito. O Plano Real melhorou a vida por quanto tempo? O Fernando Henrique passou o primeiro mandato mentindo que ia segurar o dólar, mas foi só ganhar a reeleição...
Você está falando da academia que fechou, do seu amigo?
Estou falando do *meu mercado*. O que se fechou e o que se abriu em noventa e oito. Início de noventa e nove, depois da reeleição. O estelionato que o Fernando Henrique aplicou para ser reeleito. Seguraram o dólar para isso. O dólar vai de um e vinte a um e oitenta, o meu amigo não tinha como terminar de pagar o financiamento da importação, da noite para o dia não compensa pagar a merda de um remo com encaixe de pino... Enquanto eu estou ali e consigo ver que a questão não é essa. Não é a música que toca no spa. A vaga no estacionamento. A fotinho que o playboy vai fazer. Nos anos seguintes, foi *isso* que eu mostrei. Digo, a partir de noventa e nove. É isso o que incomoda a minha irmã, por isso que ela fala do Império. O que o Império prova é que nem tudo é consumo e status. Se você não é só um pedaço de carne, isso dos filmes dela mesmo...
Você pode comentar...
Você quer ver como funciona isso? Pega o pastor. A igreja, você pode dizer qualquer coisa desses caras...
Você pode comentar isso dos filmes dela?
Mas é disso que estou falando. Todo mundo caga regra sobre a coisa religiosa, mas o que é a religião? Digo, na prática. O que significa a palavra, o dia a dia. Não estou falando de um Deus de barba, pega uma cadeia. Um centro de crack. Religião para mim é o cara poder se *transformar*. Você vai me dizer que tem alguém mais fodido que um presidiário ou um craqueiro, e mesmo assim os dois arrumam força, não interessa se eles estão na casa que recebeu o anjo do enxofre. Sabe que livro é esse? O Gênesis. Sodoma e Gomorra. Ló recebeu o anjo disfarçado, depois é que

soube do enxofre. A iniquidade dos homens destruída pela chuva de fogo...

E aí os filmes da sua irmã...

Os filmes dela são o contrário disso. O craqueiro está na merda e se transforma. O presidiário. O comerciante deprimido, o balconista que passa o dia se fodendo para ganhar mil e quinhentos reais por mês. Nenhum deles aceita que é pobre, que tem uma doença, um destino que puseram na frente. Digo, eles podem aceitar no fim, se no fim for isso mesmo. No caixão, pá. Se o cara morrer assim, mas até lá o cara *briga*. De algum jeito ele termina diferente. Ele não passa a vida no mesmo lugar culpando os outros.

[...]

Eu já vi gente de tudo que é jeito no Império. Corcunda, esclerose. Gente que não saía da cama por causa de depressão, mas uma hora eles decidem... O que o cara tem dentro dele. O cara poder se transformar nem que seja para... Um fio de cabelo, foda-se, mas eu tenho essa chance. Eu vou fazer uso disso para me tornar uma pessoa melhor. A minha família. A comunidade. Agora você quer que eu compactue com quem tem tudo isso e joga fora, esclerose é pior do que pesar doze arrobas? Que força de vontade se precisa num caso e no outro? Ai, a minha nudez política. Deixa eu dizer uma coisa sobre a sua nudez. Tudo o que você tem a mostrar, a sua força interior... É *essa* a transformação? Ficar pelada num filme pornô. Eu li sobre Sodoma e Gomorra, e aí preciso aprovar o filme pornô da vaca, é isso?

Raquel

Afinal, eu vivo dos impostos de vocês. Tem uma pessoa aqui que acaba de me dizer isso. Eu quero aproveitar então para chamar o Jessé no palco. Uma salva de palmas para ele, todo mundo. Está na hora de começar o ritual.
Eu vi o vídeo da agressão, Raquel. Mas eu queria voltar... Você está dizendo para mim as palavras exatas que disse no hotel. É sobre isso que eu perguntei antes.
São as palavras exatas?
Por exemplo, quando você repete tudo para mim. Você fala de uma reação espontânea pela ameaça do Jessé antes de você subir ao palco...
Você decorou o vídeo, pelo jeito. Tanto que está dizendo que as palavras são iguais. Parabéns, o seu português é ótimo, mas são iguais mesmo? Não tem nenhuma variaçãozinha?
Eu não falo de decorar ou não o vídeo. É só que a ordem do que você diz... Você está com medo, mas tem noção de estar num palco. O efeito que causa quando pega o microfone e fala desse jeito. É uma reação espontânea, mas também tem uma... Você é

artista. Você foi anunciada no panfleto do seminário como artista performática. O público talvez espere ver isso no palco, uma performance.

Ah, Brenda. E o resto da performance? A do Jessé quando me bateu. A dos médicos que me atenderam no hospital, isso não conta?

Eu não falei da surra. Eu falo das pessoas que veem o seu trabalho... O que elas entendem nos sinais que você passa quando sobe no palco.

As pessoas entendem é que eu pedi para apanhar. Que eu mereci apanhar. E você vem até a minha casa e quer que eu concorde com isso. O meu irmão faz a performance do miliciano e eu faço a da vaca, para você está bom assim? Para combinar com o tema do seu filme. Eu só lamento informar que você precisa se esforçar um pouco mais que isso. No meu caso, acho que dá para ver como isso funciona, e no seu?

Como?

O tema do seu filme não é o ódio? Eu vi os seus outros filmes. O da Síria, o da Hungria. O último foi sobre a Venezuela, é isso?

Os meus filmes não vêm ao caso.

Não? Eu vi todos eles. Eu li sobre o seu projeto. Você acha que eu não leria antes de aceitar receber você? Talvez você queira saber o que eu acho do seu trabalho como cineasta, eu fiquei pensando nisso, o que as pessoas que você entrevistou devem achar de você.

[...]

Eu fiquei imaginando uma pessoa dessas. Uma família na Síria. O país numa guerra civil, o governo jogando bomba na população. Lá tem Estado Islâmico, um quarto das pessoas vão embora do país, aí a documentarista Brenda Richter chega e faz umas perguntinhas. Tudo muito abrangente, *complexo*. Todos os lados da questão contemplados.

[...]

E aí o seu projeto continua na Hungria, na Venezuela. No Brasil, afinal aqui você conhece as coisas. Você fala português sem erros, quase sem sotaque. Você viveu aqui por oito anos, e depois ficou tantos anos longe, por causa da morte do seu marido, mas nesses anos todos você nunca deixou de pensar no Brasil. Inclusive você pensa com complexidade a partir dessa perda pessoal. Aí você volta em dois mil e dezoito para aplicar essa complexidade nas entrevistas, é isso?

Está bem, Raquel.

Você acha que estou sendo desagradável?

Eu não acho nada. Você quer que eu ouça a sua opinião, está bem. Podemos ir em frente agora.

Não, Brenda. Até porque *desagradável* não é uma boa expressão. O ideal seria a gente usar outra. Pode ter certeza de que uma hora ela aparece, basta eu continuar falando sobre o que acho dos seus filmes. De artistas como você. Gente que parece nunca ter ódio, nunca perder o controle. Se tem uma coisa que eu aprendi sendo quem eu sou, pode ter certeza, é que todo mundo tem esse limite. Ia ser tão bom para o filme você mostrar isso. Imagine, Brenda, você aparecer na frente da câmera sem hipocrisia. Sem fingir que precisa ser tolerante com a complexidade das questões históricas que dividem as pessoas neste mundo tão polarizado. Quer saber o que eu achei do seu filme sobre a Síria? É isso que eu acho. E do filme sobre a Hungria? É isso que eu acho. E do filme sobre a Venezuela?

[...]

Você quer ver uma coisa? Se os seus filmes quisessem falar de ódio, mas ódio *mesmo*, os termos que você usaria seriam outros. Porque para ser mentirosa você não precisa de mim. A sua plateia já se sente tolerante, você não precisa passar a mão na cabeça dela mostrando uma vaca que faz pornografia de vaca, tudo em nome da diversidade. Da *liberdade de expressão*. Olha como somos bonzinhos porque entendemos que é preciso tolerar até as coisas das quais a gente não gosta. As coisas que nos dão nojo. Até cento e trinta quilos de banha a gente aguenta sem vomitar, sem dizer para a vaca o que a gente acha de verdade dela.

[...]

Mas você não vai dizer isso, vai? Uma pena, Brenda, porque isso inclusive teria a ver com o meu trabalho. O meu trabalho é tentar entender o que a pornografia é de verdade. O que o Sítio do Picapau Amarelo é de verdade. O que a linguagem é de verdade.

Você é a artista. Você explica o que quiser, a entrevista é para isso.

Mas é isso que eu estou explicando. Por isso que eu perguntei antes, você tem certeza de que as palavras que eu usei no hotel são as que você decorou? E se não forem bem essas? Isso é tão importante a ponto de precisar saber a ordem delas? Ou será que o mais importante é outra coisa, o que eu *mostro* no hotel antes de apanhar?

[...]

Sabe qual é o assunto dos meus filmes? Pense que a violência e a pornografia trabalham com uma coisa muito parecida. Um instinto. Uma sensibilidade que gera reações espontâneas, se você quiser chamar assim, por baixo do verniz. Que pena você não querer mostrar isso quando eu dei a minha opinião sobre o seu trabalho. Ia ser bastante parecido com o que acontecia na cantina no meu colégio. Com o que aconteceu no Hotel Standard. Essa é a reação que eu causo quando faço o que você acha que é uma provocação.

Se entendi direito, para o público enxergar esse ódio todo é bom eu ofender você agora?

Quer ver uma coisa curiosa, Brenda? Os filmes que eu fiz têm um formato que muita gente chama de arte. A carreira deles poderia se limitar a isso, inclusive, afinal eles rodaram em bienais, o circuito todo. Mas onde eles foram entendidos realmente foi nas plataformas de pornografia. Ali todo mundo entende o sentido real da pornografia. Nos filmes eu me limito a tirar a roupa, sem dizer palavra nenhuma, e ser espancada, pisoteada. É isso que você não percebe. Você quer tanto achar uma provocação no meu discurso do hotel, um precedente em relação ao meu trabalho, e esquece o que o público da pornografia quer quando clica nos meus filmes.

[...]

Quem clica nos filmes quer ver uma gorda nua apanhando. Isso é o que faz esse público ver os filmes até o fim, ou até o momento em que a gorda nua apanhando dá a eles o alívio que eles procuram. O gozo com o ódio, com alguém que instrumentaliza o ódio deles.

Essa não é uma visão ingênua?

Você sabe do que estou falando. Você não vai admitir porque o verniz não deixa. A única relação entre a minha performance de artista e o que aconteceu no Hotel Standard é o meu corpo. Eu vou para a frente da câmera nos filmes, vou para a frente do palco no hotel. A essa altura eu já disse o que tinha de dizer para o Jessé. Eu subi ao palco e disse para ele, o que você está esperando? O meu irmão mandou você até aqui, Jessé, por que você não sobe também no palco e cumpre as ordens dele de uma vez? E sabe o que aconteceu quando eu disse isso para o Jessé? Nada.

[...]

Sabe o que aconteceria se eu tivesse terminado ali? Nada.

Essa que é a diferença. Eu sabia disso, eu sempre soube. Então eu precisei ir além disso, como eu sempre faço, usando o mesmo método. É infalível, a resposta da plateia vai ser sempre a mesma. A plateia teria tempo de encontrar um segurança, de subir no palco e me proteger, um dos meus companheiros de debate podia dar cinco passos e impedir o Jessé de fazer o que fez, mas eu sabia que isso não tinha chance de acontecer.

[...]

Porque a resposta deles não foi de medo, nem de solidariedade. No vídeo que fizeram da surra o ângulo é outro, visto da plateia, mas eu posso garantir que do meu ângulo eu sei como a plateia me olhava. É um olhar direto, estático. O tempo que parou por causa do ódio. É como se o ódio se alastrasse pelo hotel, pelo mundo. Basta eu tirar a blusa. Depois a calça. Depois o sapato. Depois as meias. O sutiã. A calcinha. A pulseira. E então a gente tem mais uma chance para esse ódio ser descarregado inteiro.

MATERIAL PRÉ-EDITADO

Alexandre

É uma questão de respeito. A roupa que a pessoa veste é ter ou ser? Se parece que a pessoa saiu do esgoto, eu não tenho controle sobre o meu nojo. Ai, é proibido falar disso? Você no meio dos ratos e baratas e nem tapar o nariz pode.
[...]
Está fazendo um ano isso. Em pleno enterro da minha mãe o padre chamou a família... Esses discursos que os padres dão. Quer a diferença entre um discurso e um discurso de merda, ouve um pastor e depois um padre. Eu tentei nem olhar para a Raquel, mas uma coisa é na hora. A cerimônia durou o quê, quarenta minutos? Mais uma reza, pá, isso que eu falei foi depois, na saída do cemitério. E foi porque *ela* veio falar comigo.
[...]
Fazia muito tempo que eu não falava com a minha irmã. Digo, não diretamente, porque isso de falar ao vivo hoje em dia... Com internet e tudo. Eu sabia o que ela dizia nas entrevistas. Eu fui obrigado a ver os filmes dela, e eu poderia parar o *seu* filme agora porque só de mencionar isso... Quer acabar a discus-

são, é só mostrar para a sua plateia uma cena desse *trabalho artístico*. Aquela coisa grotesca, pergunta se a sua plateia no meio dos ratos e baratas... Do cheiro de azedo. Das pelancas. Doze arrobas balançando as pelancas na frente da sua plateia, ai que grosseiro falar desse jeito, agora vai ver por que eu falei assim no cemitério. Quando alguém está com raiva do outro... Quando é a minha irmã com raiva, por exemplo. Ela ouve, vai usar um desodorante, Raquel, mas isso é uma resposta a quê? No cemitério, nos anos anteriores. Ela diz que sou miliciano. Ela diz, oi, milicianozinho, há quanto tempo. Você não vai nem falar comigo? Vai continuar ignorando a sua irmãzinha querida?
[...]
E aí o problema é a reação do miliciano. O miliciano não pode ter nojo da artista pornô que não toma banho, mas a artista pornô pode chegar numa hora dessas... Eu ali com os meus filhos. Os meus filhos não conheceram a avó. Eu levo eles no enterro da avó apesar disso, e aí vem a artista pornô responsável por isso... Dos meus filhos quem cuida sou eu. Na frente deles ninguém vai me tratar assim.

Alexandre

Inclusive porque não é sincero. Basta olhar o padrão que ela... Mesmo no hotel. O que você vê no vídeo que filmaram da surra? Estou falando de *antes* da surra, quando ela para na frente da plateia, aí resolve ofender as pessoas, e não satisfeita ela ainda faz o quê? Digo, os detalhes. Deus me poupe, tudo de novo, mais uma vez em que eu tenho que pensar na minha irmã pelada, falar disso até ter vontade de vomitar, mas tem uma coisa que ninguém comenta nesse vídeo.
[...]
    É só você reparar. Ela tira a blusa. Tira a calça. O sapato. A calcinha. Mas aí ela tem uma pulseira no braço, pois é. *Eu* reparei nisso. Ela joga toda a roupa no chão de qualquer jeito, tudo tão espontâneo. Tão *intenso*, a artista estava com tanto medo... Coitada, alguém foi lá e bateu nela de graça. Tudo começa em fevereiro de dois mil e dezoito, no hotel Standard, sem motivo nenhum. Só que a pulseira ela não joga no chão de qualquer jeito, hã? Ela se agacha com todo o cuidado, deixa a pulseira na ponta do palco, depois alguém vai lá e recolhe para ela. Foi uma

selvageria *espontânea*... Claro, mas a pulseira devolveram para a artista. Você fez a entrevista com ela e deve ter reparado, ela mostrou a cicatriz no peito? A marca no rosto. Ainda tem marca no rosto ou já desapareceu? Ela mostra isso tudo, claro, mas e a pulseira? É a minha dica. Se ela cagar regra sobre eu ter ou não feito as coisas direito nos anos noventa...

[...]

Nos anos noventa eu não mexi em um centavo. A porcentagem certa da herança para a minha mãe, para cada filho. Agora, pergunta o que foi feito das joias. A caixa aquela que estava no cofre. De novo, não é o dinheiro. A questão é que as joias *também fazem parte dessa herança*. Não são propriedade da minha irmã. Se fossem, isso não tinha que estar no papel? Depois de toda a briga pelo inventário do meu pai, é só ingenuidade ela ter se apropriado de um patrimônio que é meu também? Claro, e eu sou a Cachinhos Dourados. O Ursinho Pufe, por favor. Se não tem documento disso, sinto muito, é parte do espólio da minha mãe. De uma nova partilha. Tem uma pulseira, brincos, três colares, o que eu vou fazer com isso tudo é problema meu. Posso mandar derreter, foda-se. Doar para os cachorros na rua. Agora, se ela mexe com um direito legal meu... Ela vem me chamar de miliciano na frente dos meus filhos, em pleno enterro da nossa mãe, sinto muito, mas a pessoa tem que responder por isso. É o juiz que vai ouvir a explicação dessa vez. Para um juiz, vale o que está escrito.

Raquel

Eu não sei se você sabe da história da minha mãe. Ela casou com o meu pai quando tinha vinte anos. Ela tinha uma dessas profissões de mulheres de antigamente, secretária, a minha mãe era arquivista, isso uns cinquenta anos atrás, antes de virar oficialmente esposa. Se você vira oficialmente esposa, a morte do seu marido é uma espécie de morte sua.
[...]
A minha mãe teve uma espécie de morte nessa época, mas não foi só por causa do meu pai. Sabe o que deixa o Alexandre magoado? É que ela sabia a diferença entre os dois filhos. Naqueles anos isso ficou claro, se não estava ainda. Ela concordou com a proposta do meu irmão em noventa e oito, afinal a divisão da herança ia parar com as brigas, dar um pouco de paz para a família, mas eis que de um dia para o outro o grande promotor da paz tira a máscara. Que surpresa, bastou assinar os papéis e ele apareceu com a planilha. Ele veio com aquela conversa de que era a minha vez de colaborar, de *bancar a brincadeira*. Foi o que ele disse, a expressão que ele usou em relação à vida da minha

mãe, mas que pena, veja bem, talvez ele tenha se iludido quanto à capacidade de enganar os outros. Ele achou que eu não ia contar isso para a minha mãe. Que a minha mãe, sabendo disso, da expressão que ele usou e tudo, ia aceitar que foi enganada por causa de uma porcentagem de herança.

[...]

Sabe como eram as conversas que o meu irmão tinha com a minha mãe depois da venda do apartamento? Isso quando ele atendia os telefonemas dela. Ele saiu de casa logo depois da venda, no início ele atendia para não ficar tão óbvio, uma vez por semana. Depois uma a cada duas semanas. Uma por mês, toda vez ele dizia que não tinha tempo, não tinha paciência, ele já estava fazendo o bastante por ela cuidando da manutenção do capital investido no império dos milicianos. O dinheiro que um dia ia sustentar a brincadeira na velhice dela. A brincadeira da depressão. A brincadeira da bebida, dos remédios, tudo o que deixava a minha mãe *intratável*. A incapacidade da minha mãe de trabalhar, de fazer qualquer coisa de prático na vida, isso era o que o meu irmão dizia para ela. Ele dizia, você é intratável. Eu estou me sacrificando por você. Eu estou trabalhando vinte horas por dia por sua causa. Você deveria agradecer por eu estar fazendo isso.

Raquel

Eu voltei de Londres no início de noventa e nove. Eu terminei o mestrado, podia ter feito um doutorado na própria Barnold, mas não fiz. Poderia ter dado aula por lá, mas voltei por causa da minha mãe. Eu ajudei a minha mãe a beber menos. A tratar da depressão. A gente reorganizou os remédios, ela parou de misturar coisas que não podia, voltou a sair de casa, para você ver como não é tão difícil assim, basta passar uns anos desde que o seu marido morreu. Basta não ter mais por perto um filho que pensa na sua velhice e só consegue ver uma planilha de custos. A minha mãe começou a ter mais interesse pelas coisas, ela fez até viagens, veja bem, agora sem ataque de pânico, sem ninguém lamentando que ela não morreu sozinha num navio no meio do Caribe.
[...]
Se você acredita na versão sobre a vaca que roubou as joias, recomendo que confira como foi essa minha volta ao Brasil. A minha mãe comprou um apartamento pequeno com a parte dela da venda do maior. Eu usei a minha parte para bancar a vida

dela junto comigo. Eu também fazia freelancers nessa época, ilustrações para editoras, esse tipo de coisa. Eu nunca tinha vendido um trabalho de verdade, um trabalho meu, isso foi acontecer só no meio dos anos dois mil. Até lá tudo foi um pouco difícil, tudo é sempre difícil nesses casos, só que isso não virou uma história pública de sacrifício e vocação repetida até o ano da graça de dois mil e dezoito. Porque isso é a obrigação de qualquer filha. É o que faz uma filha que não é da milícia. Eu voltei para o Brasil e cuidei da minha mãe porque não estava preocupada em formar milícia nenhuma.

[...]

Quer outra coisa que deixa o Alexandre magoado? É que ele não tem como fazer autocrítica. Mesmo que ele quisesse, se ele fosse capaz disso, porque autocrítica no caso dele seria negar a importância do dinheiro. Ou seja, negar o que a vida dele era nessa época, o que continuou sendo depois, até hoje. Então ele apela para uma explicação mais espiritual, digamos. Isso tem tudo a ver com os amiguinhos que ele arrumou, os pastores do Império, tudo que ele usa para ficar ainda mais rico só que agora com o pretexto da *redenção*. Da fé na segunda chance. O renascimento que ele tentou ter, veja bem, usando a minha mãe para isso.

[...]

Calcula isso, dois mil e três. Nove anos desde o cruzeiro no Caribe. Cinco anos depois de sair de casa. Ele resolve almoçar com a minha mãe depois de quanto tempo sem aparecer, telefonar, sem dar parabéns no aniversário que seja, tudo para anunciar a vinda redentora do novo cordeiro sagrado. A segunda chance do miliciano religioso. E ele *leva a esposa grávida no almoço*. Uma pessoa que a minha mãe nunca tinha visto na vida. E o meu irmão acha que levando essa mulher a minha mãe vai deixar de dizer o que precisa ser dito.

Alexandre

Mas não, a pessoa não quer falar das joias. Nem para o juiz, nem para você. Não seria porque a história das joias desmente metade das coisas que ela diz por aí? Você pega qualquer exemplo que a Raquel dá, tudo que termina com ela me chamando de miliciano no cemitério... Dizendo as coisas que ela diz do Império. Ela com a pulseira da minha mãe no pulso, uma herança que é minha também, aí a autoridade para dizer quem é ou não é criminoso... Quem rouba quem. Quem lucra ou não com essa família há trinta anos.

Raquel

Você imagina a minha mãe, cinco anos depois de ter sido abandonada pelo filho. Nove anos sendo humilhada por ele. Ela na frente da esposa do filho, da futura mãe do neto que vai redimir os pecados do mundo em dois mil e três. O almoço vai até mais ou menos o fim, eles falam das amenidades da gravidez, se é que se pode chamar de amenidade qualquer coisa num almoço desses, e a minha mãe faz força para manter o conto de fadas em que um bebê faz todos perdoarem tudo, até que uma hora ela não aguenta e diz, Alexandre. A minha mãe interrompe o almoço e diz, Alexandre, eu queria saber uma coisa. Já que você trouxe a nora que eu não conhecia. Já que você vai ser pai e eu vou ser avó. Já que você agora reza e diz que é um homem religioso e bom. Eu agradeço a sua gentileza de me comunicar isso, fico feliz por você, mesmo, não tenho motivo para não estar, só que antes de falar sobre o meu papel de futura vovó eu preciso perguntar uma coisa. A sua irmã não está aqui, mas acho que ela também gostaria de saber. O seu pai, se ele estivesse vivo, eu tenho certeza de que também gostaria. A pergunta é, você acha que isso tudo apaga o que você fez nos últimos anos? Desde que você me procurou de novo eu estou esperando que diga alguma coisa sobre esses anos. Eu fiz o almoço esperando por isso. Desde que você chegou na minha casa eu estou esperando, a gente já está quase na sobremesa e pelo jeito você não vai nem tocar no assunto. Tudo o que você disse para mim sobre a viagem do Caribe, toda essa história de inventário, a planilha que você mostrou para a sua irmã como se ela fosse um número. Como se eu fosse um número. Eu e ela, duas despesas a serem eliminadas, você não vai nem dizer uma frase de arrependimento? Nem um pedido de desculpas, Alexandre?

Alexandre

No meu caso mesmo, quando eu é que faço um gesto... A Raquel certamente contou do almoço com a minha mãe. Dois mil e três, quem ali queria ou não queria brigar? A boa vontade de dizer, oquei, o passado pode ficar para trás. Era o que eu tinha pensado desde o início, os anos em que eu ia me estabilizar... A velhice segura da minha mãe. A *minha* vida segura depois que o Império desse certo, condições para a *minha* família também. Você não teve filhos, a minha irmã não teve, vocês duas não têm como saber... O dinheiro nunca é só dinheiro. Não é o tênis que você compra, o celular. É o que isso faz da sua família. A sua mãe que está ficando velha, o seu primeiro filho que nem nasceu ainda.
[...]
Quando você tem filhos as escolhas são maiores, não é só uma... Melhorando a vida do seu filho você melhora o mundo. O seu filho vai melhorar o mundo se for uma pessoa com valores. Isso vai melhorar a vida de outras pessoas a partir desses valores. Não depende de ser rico ou pobre, mas quando você começa

esse ciclo... Quando você se dispõe a ter esse papel, mesmo se for só na sua rua, no seu bairro. Na escola que você escolhe para o seu filho.

[...]

Você começa assim, primeiro pensa em melhorar como pessoa. Depois em melhorar o seu filho como pessoa. Você garante um futuro para quem está ao seu redor, vale para toda a família. Não pense que em noventa e quatro, noventa e oito... Noventa e nove. Em dois mil e três. Qual o mundo que eu queria que existisse quando a minha mãe ficasse velha? Eu ia depender do que para ela ter uma velhice tranquila? Dos *governantes*? Da boa vontade do Ibrahim Eris? Essa que é a história do cruzeiro, da venda do apartamento. Tornar esse futuro possível. A segurança que *eu* podia dar para ela criando o Império. Se eu não consegui convencer a minha irmã e a minha mãe disso, se não consegui usar as palavras mais gentis... Era uma época horrível, eu estava pilhado, esmagado de tanta pressão.

[...]

Eu lamento não ter usado palavras gentis nos anos noventa, mas vê se isso é o mais importante... Olha a intenção por trás. Eu fui de peito aberto no almoço com a minha mãe, por mais que a minha irmã tivesse pegado cada detalhe dos anos noventa para me caluniar. A lupa dela em cada palavra. Anos botando a lupa, o almoço foi em *dois mil e três*. Era a *minha esposa na mesa*. Ela estava esperando o *neto da minha mãe*. Se isso não é capaz de dar um pouco de boa vontade para as pessoas... Fazer elas se desarmarem também. Serem um pouco mais honestas para tentar entender.

[...]

Infelizmente os Nunes Tommazzi têm prática nessas coisas. A minha irmã tentou me humilhar na frente da minha família no cemitério, igual a minha mãe fez no almoço de dois mil e três.

As mesmas palavras, de uma para outra. A minha mãe disse, você não vai nem explicar por que me enganou? Por que me deu as costas. É muito fácil bancar o bonzinho quando você não precisa mais do meu dinheiro. Quando você não precisa mais me destruir para arrancar esse dinheiro. Para eu ficar tão por baixo que aceitaria qualquer proposta vinda de você, Alexandre. A sua esposa sabe que você agiu assim comigo depois do cruzeiro? O seu filho vai saber algum dia, os seus outros filhos? Você acha que um dia eles não vão dizer o que eu estou dizendo agora? Que eles não vão ver o que qualquer um pode ver? A pessoa vazia que você é, Alexandre. Você e a sua conta bancária.

Alexandre

Bom, para mim era essa a escolha. As duas me tratam como monstro que só pensa em dinheiro, então só me resta mostrar para elas... Eu não tinha essa independência em noventa, noventa e quatro. Em noventa e oito, mas era diferente em dois mil e três. Em dois mil e três a minha conta bancária não era o que é hoje, mas eu já tinha condições de levantar no meio de um almoço... Eu falei para a minha esposa, acho que a gente vai embora. A gente não volta mais aqui. Eu não sou bem-vindo aqui, você não é bem-vinda, o nosso filho não vai ser bem-vindo.
[...]
Que final feliz para uma história de família. Dá até vontade de chorar no cemitério, hã?
[...]
Dá até vontade de compensar esse choro com dinheiro. Elas que engolissem tudo se achavam que foi essa a motivação. Sabe o que eu fiz no dia seguinte ao almoço? Segunda-feira, na conta da minha irmã. Eu fiz o cálculo direitinho, a porcentagem do apartamento vendido em noventa e oito corrigida para o valor de

dois mil e três... Em dois mil e três o Império ainda não era o que é hoje. Não foi tão fácil abrir mão dessa quantia, mas eu *abri*.

[...]

Eu transferi o dinheiro na segunda, primeira hora. Pá, adeus família Nunes Tommazzi. Se você quer falar de dinheiro, veja o que está atrás do dinheiro. A minha irmã diz que as joias têm um *valor simbólico*, e no meu caso? Todos os bens dos anos noventa, o apartamento, a sobra do Plano Collor depois do confisco, tudo o que eu abri mão para a minha irmã não ter uma vírgula para dizer... A quantia que eu doei em dois mil e três significava *isso*. O acerto de contas, quanto restou da família Nunes Tommazzi? Qual o débito que eu tinha em dois mil e três, qual o crédito? E agora em dois mil e dezoito?

[...]

Da minha parte estava tudo quitado, e do outro lado? O que cada um teve que sacrificar antes e agora. Eu aceitei quinze anos sem nunca mais falar com a minha mãe, e a minha irmã fez o quê? Na coluna do Excel dela. As parcelas que cada um paga para encerrar o assunto. No cemitério, nas entrevistas dela. E aí eu não posso reagir? Me desculpa, mas *esse* é o valor simbólico das joias.

Raquel

Você sabe como funciona um processo desses? Quem pede a abertura do inventário é o herdeiro que tem a posse dos bens. Se ele não faz isso é denunciado pelos outros herdeiros. Quem me explicou o passo a passo foi uma advogada, e enquanto ela falava eu só conseguia pensar, que tristeza. Que tragédia. Mais de trinta anos sem conseguir sair disso, sem conseguir acordar de manhã e não pensar nisso.

[...]

Eu não sei se você está familiarizada com o judiciário brasileiro. Eu recomendo que você leia a respeito, você já viu uma foto de uma turma de juízes daqui? Me diz quantos negros tem entre eles. Quantos índios. Quantas mulheres de cento e trinta quilos. Pergunte a origem desses juízes, onde eles estudaram, qual a classe dessas famílias.

[...]

Um juiz tem dois irmãos na frente dele. Um é igual a ele, a mesma classe, o mesmo gênero e perfil, a outra é a Vaca Mocha. É da cara de qual que esse juiz vai rir? Ele chega no dia da audiência e diz, me perdoem vocês dois, mas eu não sei nem por que estou aqui. Eu tenho muita coisa para fazer. Existem não sei quantos processos esperando por despachos meus, eu trabalho não sei quantas horas por dia. Ele descreveu a rotina sacrificada do magistrado comprometido com a justiça igualitária brasileira, depois disse que o nosso processo era uma chateação para ele, que podíamos ter ido até a esquina e resolvido tudo num cartório, e foi aí que aconteceu uma coisa incrível. O juiz não fez reprimenda nenhuma ao responsável pelo desperdício de tempo. Ele não trocou uma palavra com o meu irmão. O que ele fez foi olhar para mim e dizer, oquei, vamos perder nosso dia. Alguém quis fazer todo mundo aqui perder o dia, oquei.

[...]

Ele disse isso olhando para mim. E aí ele *riu*. Isso numa *audiência*. Aquilo era uma *sala do fórum*. O que eu ia responder? Eu vou dizer que aquilo não é bem um processo? Que eu estou ali para defender uma coisa que não é dinheiro? O valor que as joias representam. O que o meu irmão odeia nelas. O que ele odeia em mim. O que pessoas como ele e o juiz odeiam.

Raquel

Mas é óbvio que eu não estava autorizada a dizer isso. Eu cuidei da minha mãe nos últimos vinte anos, é essa a história real da pulseira. Do resto das joias. O presente mais valioso que eu ganhei não em termos financeiros, de nenhum desses valores que resumem a vida de alguém como o meu irmão ou o juiz. Quando eu tentei ao menos começar a contar essa história o juiz interrompeu e disse, oquei. Já entendi. *Amor e falta de amor.* Foi o que ele falou, olhando para mim de novo, rindo de novo. Amor e falta de amor, naturalmente, agora não me diz que a gente também está aqui para falar de dinheiro? Ou dinheiro não é importante para a senhora?

[...]

Eu estou contando isso para explicar o que foi o processo. Como você divide esses bens pela metade, serra a pulseira ao meio? Vende tudo e dá cinquenta por cento para mim, cinquenta para o meu irmão, e esse blá-blá-blá de justiça serviu só para destruir a memória simbólica dessa herança? Resolve comigo pagando metade das joias para o meu irmão e ficando com o total?

Você acha que ele estava lá para fazer esse acordo? É óbvio que ele foi à audiência para dizer que queria as joias. Que as joias também eram uma lembrança para ele. Que também tinham *valor sentimental*, que lembravam a época em que a mãe cantava uma música do Julio Iglesias ou sei lá a mentira que ele inventou.

[...]

Quer saber uma terceira coisa que deixa o Alexandre magoado? A minha mãe ter sempre apoiado o que eu fiz. Todos os trabalhos, anos noventa, dois mil, até os que eu comecei a fazer mais tarde. Até os filmes. Você imagina a minha mãe, uma arquivista que vira dona de casa aos vinte e poucos anos. Ela passa as décadas seguintes sendo basicamente isso. Um único namorado e marido na vida. Todo o casamento para servir ao marido e criar os filhos e nas horas vagas ver um pouco de tevê, novela, esses programas horríveis da tarde, essa era a formação cultural dela, e mesmo assim ela me apoiou quando comecei a usar pornografia para dizer as coisas que eu queria dizer. Para falar de assuntos como essa audiência. Como esse juiz. Como o meu irmão. Quantas mães você conhece que apoiam uma filha que faz esse tipo de trabalho?

[...]

A minha mãe sempre se orgulhou do meu trabalho, mas pergunta se ela se orgulhava do trabalho do meu irmão. Ela se orgulhava da vida que eu tive, pergunta o que ela dizia do Alexandre. De ele achar que não precisava pedir desculpa. Que o dinheiro dava direito de continuar humilhando os outros. Ele achava que ia nos humilhar depositando dinheiro na minha conta em dois mil e três, mas você quer saber o que eu fiz com esse dinheiro? Naquela semana mesmo. Numa época em que a minha mãe estava precisando, eu estava precisando, o dinheiro da minha parte do apartamento estava no fim, com os meus trabalhos de freelancer eu ainda não tinha condições de sustentar a vida dela.

[...]

No dia em que vi o depósito na minha conta eu tinha essa opção. Eu podia ter usado aquilo, sim. Demorou um tempo para eu começar a ganhar com o meu trabalho, até lá eu poderia ter engolido o orgulho e pago as despesas todas por muito tempo, inclusive eu podia ter feito isso sem que a minha mãe soubesse de onde eu estava tirando o dinheiro, porque o meu irmão nunca mais procurou a minha mãe depois do depósito. O meu irmão ficou quinze anos longe da família depois disso, eu só fui encontrar ele no enterro da minha mãe. Mas para você ver como são as coisas, como cada um pensa nos momentos em que vale é ter ou não dignidade.

[...]

É nessa hora que você testa a pessoa. Olha o que o meu irmão fez nos anos noventa, quando achou que corria o risco de ficar sem dinheiro, e olha o que eu fiz em dois mil e três, quando estava na mesma situação.

[...]

O gosto da vingança é saber as coisas que um miliciano *não* vai fazer com dinheiro. Pode ser pouco perto do que ele tem, mas já é alguma coisa ruim que você evita. O gosto de não se sujar, não participar daquilo. Você conhece as ongues que trabalham com crianças em favelas? Eu doei para uma delas o dinheiro, depois mandei o comprovante para o meu irmão. Eu escrevi na mensagem, obrigada, meu querido irmãozinho, você acaba de ajudar essas crianças. Espero que você fique orgulhoso. Que os seus amigos pastores fiquem orgulhosos. Que sua esposa fique orgulhosa, o seu futuro filho. Espero que seja o primeiro filho de vários.

[...]

Espero que você fique feliz porque ao menos isso o seu dinheiro pode comprar. Porque o resto não tem jeito, meu irmãozinho. O dinheiro não deixa ninguém menos burro. Menos ignorante. Menos desprezível.

[...]

O meu irmão nunca respondeu a mensagem. Quem sabe não é esse o maior motivo para ele ter me processado quinze anos depois? Além de todos os outros motivos, inclusive a conversa no enterro da minha mãe, a grande ofensa que eu fiz ao dizer a verdade sobre a milícia do Império, isso de dois mil e três foi a vez em que ele se sentiu mais diminuído. Mais humilhado. Coitadinho, nem um depósito bancário pode salvar o caraterzinho dele.

[...]

Que previsíveis são essas coisas. É só olhar para quem você quer destruir. Você quer se vingar da pessoa que diz a verdade sobre o seu caráter e escolhe aquilo que ela tem de mais precioso. Foi o que o meu irmão esperou quinze anos para fazer, ele se apega ao que diz a lei porque é o jeito de me fazer perder uma parte das joias. Ou perder todas as joias num leilão. Um leilão que ele mesmo vai inflar até o ponto em que só ele mesmo possa pagar por tudo e assim tirar de mim a única lembrança material que tenho da minha mãe. A única relação de verdade que eu tive na vida. A única pessoa de quem eu gostei de verdade. A única que gostou de mim de verdade, que me entendeu de verdade, que continuaria entendendo se estivesse viva no dia da surra no hotel. A minha mãe é a única pessoa para quem eu não precisaria me justificar. Para quem eu não precisaria pedir desculpas por ter apanhado. Então eu tenho direito de pelo menos lutar por isso, tentar manter as joias o maior tempo que eu conseguir. Foi o presente que eu ganhei da minha mãe, foda-se a lei, a piadinha na sala de audiências, eu preciso manter esse presente a salvo da vingança dos milicianos.

Raquel

É óbvio que o Alexandre vai dizer que não foi nada disso, mas você viu o depoimento dele sobre a morte da nossa mãe? É um depoimento tocante, você quase chora ouvindo. Direto do WhatsApp do Império, feito para a milícia vazar, o pobre Alexandre dizendo nossa como estou triste. Como eu queria ter tido uma relação melhor com a minha mãe. O meu irmão ficou triste porque teve uma relação *difícil*, ele até menciona que a mãe tinha uma *ideia errada* sobre o filho, nascida de pessoas que envenenaram essa santa relação.

[...]

O Alexandre diz que eu discuti com ele no enterro da minha mãe. Na verdade, não foi discussão. E não foi no enterro, foi depois. Eu não desrespeitei a cerimônia. Eu me comportei muito bem durante o ritual de despedida da família exemplar, só que na hora em que o ritual termina e todo mundo está indo para casa, fora do cemitério já, lamento informar, nessa hora estamos só eu e ele, todo mundo cansado de saber que não precisa mais mentir sobre coisa nenhuma.

[...]

Isso faz parte do ritual de despedida, lamento. Eu tinha perdido a minha mãe, quando eu fui falar com o meu irmão não tinham passado nem doze horas. Ela morreu às seis da manhã, o enterro foi no fim da tarde, teve um atraso pequeno, mais a duração toda da cerimônia.

[...]

Eu cuidei de todas as etapas até a cerimônia. Eu recebi o telefonema da faxineira que encontrou o corpo. A faxineira ligou para a ambulância e me chamou em seguida. A minha mãe morreu dormindo, ela estava se sentindo fraca na semana anterior, um sangramento pequeno no intestino que causou uma anemia. Isso poderia ter sido evitado com um exame simples de sangue, uma transfusão, mas ela tinha feito um exame não muito tempo antes e não encontraram nada de errado. Por que ia precisar repetir? Quem ia imaginar que esse sangramento ia surgir de repente?

[...]

Eu fico imaginando como é para quem tem esse sangramento. A fraqueza a tal ponto que você dorme e talvez sonhe. O sonho tem a ver com a fraqueza, e você acorda quando a fraqueza está a um segundo de se transformar em morte. Ou então você sonha com a vida que teve, e as pessoas que fizeram parte dessa vida, e talvez a fraqueza resuma o jeito que você se sente depois de tudo, o suspiro final do que já foi porque não poderia ter sido diferente, quem é que vai saber, qualquer coisa que a minha mãe tenha visto ou imaginado nesses últimos segundos morreu junto com ela, o que sobra é esse corpo e as projeções que se pode fazer olhando para ele. Eu fiquei muito tempo olhando para o corpo da minha mãe no necrotério. Eu fiquei quanto tempo lá, uma hora, a minha mãe na maca.

[...]

Eu fiquei ali olhando. A genética da minha mãe. Ela era tão bonita quando jovem. Tão magra. Quando morreu sabe o que ela era? O corpo pequeno dela. Um corpo de velha, de mulher velha.

[...]

Quando você envelhece, o seu corpo vira outra coisa. Quando você é mulher e envelhece, o corpo é outra coisa além de outra coisa. No que será que essa experiência influenciou o jeito que a minha mãe via o corpo da filha dela, que sempre foi tão diferente? Dentro do seu corpo você é uma pessoa como todas as outras, você tem a sua identidade, sua *diversidade,* que bonito quando falam isso de uma mulher velha ou de uma mulher de cento e trinta quilos, mas fora o seu corpo que é você, entende? O que o seu corpo projeta na cabeça dos outros. E o que os outros devolvem para você, dá para ver no olhar das pessoas. Quando eu comecei a vender meus trabalhos, fazer exposições no exterior, *sucesso*, enfim, a minha mãe me acompanhava nas viagens. A gente fazia passeios, comia nos jantares oferecidos, e eu lembro de uma coisa muito específica quando a gente estava nesses jantares. Podia ser na França, na Inglaterra. Na Itália. Na Dinamarca. Nesses jantares iam curadores, colecionadores, quinze ou vinte pessoas numa mesa para bajular porque naquele momento eu era a artista a ser bajulada, mas o que eu lembro era a minha mãe me olhando enquanto eu comia. A única pessoa que tinha esse olhar era ela. O mesmo olhar de quando a gente comia em casa. Desde criança, enquanto eu repetia cinco vezes os pratos que ela tinha cozinhado. Esse olhar da minha mãe era o mesmo com todas as coisas que eu fazia, que eu dizia, todas as decisões que eu tomei, até a decisão de começar a mexer com pornografia, ela foi única pessoa que nunca me julgou por nada disso. A pessoa que entendeu o que eu sofri, todas as vezes que eu chorei só para ela. Que eu disse para ela que não queria mais viver. Porque viver era ter esse sofrimento vinte e quatro horas por dia. Ela sempre me ouviu e de algum jeito fez eu mudar de ideia, só a presença dela já fazia, porque viver também era ter a minha mãe ao meu lado.

[...]

Quando a minha mãe morreu eu sabia que nunca mais teria isso tudo com ninguém. Eu nunca tive um namorado, nunca tive amigos de verdade, nunca tive pessoas em quem eu confiasse a não ser a minha mãe. A despedida no cemitério, Brenda, você sabe o que é isso? O quanto custou para mim isso. Ir falar com o meu irmão no fim do enterro, ver o olhar do meu irmão para mim. Não estou falando só da reação dele depois, isso você pode constatar por você mesma, é só ver o vídeo dele falando da minha mãe, os vídeos do Império, o vídeo em que tudo o que o Império prega chega até mim no Hotel Standard. Eu estou falando desse olhar do Alexandre antes mesmo de me mandar usar desodorante.

[...]

Eu estou falando do que foi enfrentar esse olhar pela primeira vez depois da morte da minha mãe. O olhar que era o *oposto* do olhar da minha mãe. O olhar de ódio, de crueldade, ver isso era perceber como seria o mundo sem a minha mãe. Você pode achar isso natural porque uma pessoa mais velha está sempre sujeita a morrer, mesmo aos setenta anos e de um jeito tão estúpido como foi, mas no dia do enterro eu não estava pensando nesses termos. Da minha família próxima só sobrou o meu irmão, talvez fosse razoável fazer do enterro uma despedida de tudo isso, o adeus a essa família depois de tantas coisas ruins que aconteceram, mas não foi possível mais uma vez. Que pena. Eu sempre acho que vai ser possível, mas pelo jeito nunca vai ser.

[...]

Que tipo de pessoa você acha que está entrevistando? Você

pode fazer seu filme inteiro para me enquadrar numa tese razoável, equilibrada. Vamos lá, uma pessoa que é chamada de ladra, mas que provocou isso. Que é processada, mas provocou isso. O juiz ri na cara dela, mas ela provocou isso. Ela ouve esse tipo de risada desde criança, esse tipo de agressão, mas veja bem, ela provocou isso a tal ponto que no fim tudo chegou à catarse da surra. Eu sou a pessoa que chora olhando para o corpo da minha mãe, e chora tratando da burocracia para enterrar o corpo, e chora durante o enterro do corpo, eu passei o dia chorando e o meu irmão estava impassível de novo, que nem no enterro do meu pai, um turista no cemitério olhando a dor que ele mesmo ajudou a provocar, mas depois de tudo isso o problema é que eu insisto em procurar o meu irmão. Isso é o que incomoda as pessoas? A provocação é dizer o que o meu irmão merece ouvir? É dizer o que *eu* mereço ouvir de mim mesma? Diante dele, *eu* precisava deixar isso claro para *mim mesma*. Essa não foi a última lágrima que eu derramei pela minha mãe, mas foi a última lágrima que eu derramei por mim mesma. Pelo que o meu irmão ajudou a fazer de mim mesma.

[...]

Você acha essa linguagem toda muito sentimental? Fica outra sugestão, Brenda, além das que eu dei para o seu filme. Para o seu filme ficar equilibrado e não muito sentimental, quem sabe você usa essa minha fala no cemitério. Você usa a minha voz dizendo o que eu disse para o Alexandre, tudo certo, desde que ao mesmo tempo a tela mostre a filmagem que fizeram no Hotel Standard. As imagens com a surra que eu tomei. O Jessé caminhando na minha direção. Levantando a barra de ferro. Me dando uma paulada na barriga.

[...]

Você deixa lá as imagens, uma paulada no rosto. Uma paulada no quadril. Um soco. Outro soco. Um chute. Outro chute.

Um terceiro chute comigo caída no chão, o Jessé me olhando para decidir se dava ou não um *quarto* chute, ou me batia com o ferro de novo até eu entrar em coma, até eu morrer, o auditório todo parado, em silêncio, esperando pacificamente que ele fizesse isso. Você mostra essas imagens no seu filme enquanto a minha voz fala ao fundo, e aí a plateia do filme pode ponderar sobre o que é grave ou não nessa história. Todos os prós e os contras para que ao fim desse processo equilibrado que é o seu filme cada um tire suas *próprias conclusões*. Quer fazer esse teste? Bota lá a imagem da surra enquanto eu digo para o meu irmão, oi, milicianozinho. Há quanto tempo. Você não vai nem falar comigo? Vai continuar ignorando a sua irmã querida? E o meu irmão responde, você está falando comigo? E eu digo, você não é o milicianozinho? Esses não são os filhos do milicianozinho?

[...]

E então o meu irmão fala da minha roupa, do desodorante. Da minha banha de vaca. Da mãe que a Vaca Mocha roubou. Da pulseira que eu estou usando e é fruto do roubo. E eu digo, por que você está falando disso, milicianozinho? Quer umas dicas de roupas para você também? Para os seus filhos. Uma dica de desodorante, de pulseiras para vocês usarem? Eu posso dar uma dica sobre qualquer coisa, menos sobre crime. De crime um miliciano sabe mais, não sabe? Os filhos de um miliciano também. Se não sabem ainda, tenho certeza de que logo vão saber. Porque eles vão ser milicianos também, não vão?

EXTRAS/MATERIAL A INSERIR

4

Pastor Duílio Aleluia, programa Conversas com o Império, *2015 (trecho).*

Ló pensa, eu preciso de pasto para o meu rebanho. Preciso de uma cidade onde eu possa vender a carne dos meus bois. Onde eu possa vender a lã das minhas ovelhas. Onde eu possa dar de comer aos meus empregados, e eu possa ter uma tenda e um punhado de ouro, e uma descendência, então vejam que em Gênesis capítulo treze versículo dez diz assim, e levantou Ló e viu a campina verdejante de Sodoma e Gomorra. Por que ele foi para lá? Porque era mais *fácil*. Ele fez uma escolha pela vista. Foi por causa da carne que deus enviou o anjo de enxofre. Ló aceitou isso enquanto Abraão fez outra escolha. Abraão já tinha sido visitado por Deus, Deus falou eu vou te abençoar, vou te dar filhos, eu farei de ti uma grande nação, reis e rainhas sairão dos teus lombos e em ti serão benditas todas as famílias da terra, desde que você viva pelos olhos da fé. Foi isso que

Abraão aceitou. Ele teve fé no espírito, no corpo, as duas coisas que são uma coisa só, a partir dali quem comandou a vida dele foi ele mesmo.

5

Reportagem do site Urbe — Cultura, fevereiro de 2018.

"Existem muitas modelos plus size hoje, e esse é um movimento bem-vindo na moda, no cinema, nas redes sociais", afirmou a revista inglesa *Art Pick* num recente artigo sobre Raquel Tommazzi. "Contudo, existe outro lado nessa história. É diferente ser jovem, bonita e com o corpo fora de padrões antigos de elegância numa cidade como Londres, Paris ou Nova York, em 2018, e ser uma mulher de 46 anos, com um rosto não propriamente típico das passarelas ou do Instagram, que viveu sua juventude num país pobre, de cultura machista, num dos períodos mais conservadores do século xx."

De certo modo, o trabalho de Raquel pode ser sintetizado como avesso dessa narrativa de afirmação. O que não deixa de ser uma afirmação em si — por meio da ironia, da denúncia. Nome respeitado da arte performática brasileira, na última década ela mostrou de forma inusitada — e radical — o quanto ainda é incômodo falar de temas como aparência física, sexualidade e autoestima.

Raquel iniciou a carreira no desenho e na colagem, sempre discutindo formas de segregação e degradação do corpo. Seus primeiros trabalhos já subvertiam referências do imaginário cultural brasileiro, expondo a crueldade da obra do popular escritor infantil Monteiro Lobato e relações entre desigualdade social e violência de gênero — por exemplo, numa conhecida série sobre o trabalho doméstico de mulheres de classes desfavorecidas em casas de elite de São Paulo. Com os anos, o olhar da artista se tornou mais pessoal, como um relato autobiográfico contínuo que, justamente por fazer a relação entre indivíduo e contexto, trauma e história, está longe de ser apenas autobiográfico.

Assim, a partir de 2015 Raquel dirigiu e atuou em alguns filmes pornográficos *sui generis*, primeiramente veiculados em sites como XVIDEOS e Pornhub, nos quais não havia indicação de que se tratava de um trabalho artístico. Mais tarde, cenas dos filmes rodaram em instalações cujas paredes exibiam comentários feitos por indivíduos anônimos que haviam assistido ao seu conteúdo na internet. Na confluência entre os filmes e sua recepção no mundo concreto, são explorados os limites do que a sociedade é capaz de ver, de aceitar que está vendo, como num espelho que reflete nossos paradoxos estéticos e morais.

"A crueza do que está na tela fala por si", escreveu a crítica Dulce Nastinger no catálogo da exposição *Zoologique: Recortes*, realizada em Bruxelas em 2016, que incluía dois desses trabalhos falsamente pornográficos, os filmes *Vaca Mocha 44* e *Vaca Mocha 45*. "Mas é só com essa crueza que estamos lidando? É só Raquel que está ali, sendo degradada num espetáculo de intolerância, dentro e fora da cena? O corpo objetificado pode ser um grito de combate à cultura que o objetifica. A vida íntima é um reflexo da vida coletiva. A obra da artista intervém no sempre delicado choque da identidade pessoal com o seu entorno: ao falar disso se está falando, portanto, e acima de tudo, de uma luta política."

Participante da última mesa da Semana Pontes de Cidades e Convívio, que ocorre no próximo dia 6, Raquel debaterá como o resultado desse trabalho dialoga com a questão da violência urbana brasileira. Sua obra mais recente, o filme *Vaca Mocha 46*, de 2017, aponta para isso fazendo referências diretas à realidade política do país: a partir de símbolos dispostos em cena, facilmente identificáveis por quem acompanha o noticiário nacional dos últimos tempos, a artista passa das perguntas provocativas às respostas contundentes. "O mundo está mais óbvio, o Brasil está mais óbvio, então é preciso falar disso tudo de modo mais óbvio", explica Raquel. "Dar nome ao horror óbvio. Chamar para a briga os responsáveis por isso. Os responsáveis estão na nossa frente, basta olhar para saber quem eles são, os crimes que eles continuam cometendo."

MATERIAL BRUTO

Raquel

Essa não é uma visão ingênua? Você diz que a pornografia trabalha com um impulso igual ao da violência...

Que impulso, exatamente? O que a plateia tem vendo uma cena de papai e mamãe ou uma gorda sendo espancada?

Raquel, estou só dizendo que você chama de verniz uma coisa que... O verniz são as leis da sociedade. Um simpósio sobre violência discute leis sobre drogas, sobre armas. Você acha que fazer ironia sobre isso serve para alguma coisa?

Bom, e já que você decidiu me explicar que a minha visão é ingênua. Ou irônica. Na verdade, eu estou sendo bem direta. Porque eu não estou aqui falando de uma cena de papai e mamãe. Eu estou falando dos meus filmes. O meu último filme se chama Vaca Mocha Quarenta e Seis, você sabe por que eu dei o nome? Não foi porque eu tenho quarenta e seis anos. Não é um filme comemorativo de aniversário, isso eu posso garantir.

[...]

Eu dei o nome porque esse foi o quadragésimo sexto trabalho que fiz usando o mesmo tema. Bota na lista todos os traba-

lhos, desde a época da Barnold, até as imagens dos meninos de rua. Das babás vestidas de branco. São duas décadas falando sobre a mesma coisa, os desenhos, colagens, agora os filmes. Você veio me entrevistar sabendo disso. Se resolveu fazer perguntas idiotas sobre isso, ou é idiota mesmo ou está de má-fé.
Só para eu entender, por que sou idiota? Ou estou de má-fé.
Porque não existe outra opção. Você vem até o Brasil repetir um clichê sobre *leis*, como espera que eu responda? Sabe quando eu ouvi esse clichê a primeira vez? Aos catorze anos. Na época em que os meus colegas faziam pecinha de teatro sobre mim. A escola inteira fez debates sobre mim, essa conversinha toda apareceu, eu posso garantir, mais de uma vez um professor sabichão resolveu usar o caso da Vaca Mocha para explicar que não adianta reclamar das leis sem olhar para a sociedade que faz as leis. Não adianta reclamar do governo sem olhar para quem elege o governo. Uma coisa reflete a outra, foi o que eu passei aqueles meses todos ouvindo, a mudança é de baixo para cima, de dentro para fora de nós, isso não é o oposto do que você acabou de dizer?
Eu não disse nada disso. O que eu disse é que você despreza essa parte da... A lei, isso que você chama de verniz. Você vai num seminário que está discutindo coisas que são importantes no debate sobre violência. Coisas concretas que têm influência na vida das pessoas, nos bairros onde elas moram. Na família delas. E o que você faz em cima do palco?
O que eu fiz em cima do palco? Talvez você possa me dizer.
Eu gostaria que você dissesse. Foi isso que eu perguntei.
Brenda, eu sei a diferença entre ficar pelada num palco de hotel e repetir os clichês desses eventos. As teses sobre violência. Números sobre o que mesmo, armas e drogas? Situação nas cadeias? Fiscalização das fronteiras?
Não é mais importante que a peça de teatro da oitava série?

Não é mais importante do que a bala que matou o seu marido?
Essa é a sua resposta?
Sim, é a minha resposta. E a sua, qual é?
Eu não sou a entrevistada.
Não, você não é. E eu não sou o que você é. Eu não perdi o meu marido e fiquei anos sem vir ao Brasil. Eu não acho que vou aplacar o meu ódio fazendo um filmezinho político sobre o Brasil em dois mil e dezoito. O ódio que eu sinto não é desse tipo, eu não tenho obrigação de falar sobre lei nenhuma, verniz nenhum.
[...]
Cada um com seu conceito de ingenuidade, Brenda. Você acha que está mudando grandes coisas no mundo, mas a plateia na Europa vai continuar igual depois de assistir ao seu filme. Eles vão jantar, dormir e sonhar com um mundo melhor porque afinal concordaram com duas horas do seu discursinho, os números sobre criminalidade no Brasil, a estatística da intolerância, é esse o objetivo?
[...]
Você sabe por que eu falo do ódio puro, de como isso poderia melhorar o seu filme? Fazer o seu filme ter a metade da honestidade, quem sabe, dos meus filmes. Os meus filmes não falam sobre a diferença entre verniz e o que está por baixo do verniz porque desde a oitava série eu sei que essa diferença não existe. A audiência das joias é verniz ou o que está por baixo? O que aquele juiz representa. O que o meu irmão representa. O jeito como os dois me olham. Como eles me tratam. Eles agem assim por causa da lei ou a lei que é assim por causa de gente como eles?
[...]
Verniz ou o que está por baixo, você sabe o que une as duas

coisas? É só assistir a um filme meu que você percebe. Nos meus filmes não tem cena de papai e mamãe porque na minha vida não tem cena de papai e mamãe. No Vaca Mocha Quarenta e Seis tem uma cena em que eu sou espancada com um cabo de vassoura, e tem gente que goza vendo essa cena. Você acha que existe uma separação entre isso e o mundo lá fora, o mundo das armas, da fiscalização das fronteiras, e eu é que sou ingênua? O sujeito que goza vendo isso tem essa fantasia de graça, é uma fantasia que surge do nada? O mundo do verniz não é o mundo que dá a esse sujeito as referências para as fantasias dele?
[...]
Ninguém tem como escapar disso, Brenda. Você também é fruto disso. Essa é a história do seu marido, a sua história. Você quer fazer um filme sobre ódio e não botar nele as suas fantasias de ódio, como se essas fantasias fossem só uma parte controlada do seu dia, uma coisa que você pode ter sozinha, na sua casa, e não vai contaminar o seu discurso político sobre o assunto. Você vai me dizer o que agora, que essas são *questões privadas*? Coisas a serem resolvidas *entre quatro paredes*? Uma questão de violência íntima. De vida sexual íntima. O que cada um faz com a sua intimidade e é só da conta da pessoa, é isso? Quantos clichês você consegue usar na mesma entrevista?
Desculpe, que fantasias são essas?
Jura que você não desconfia.
Só para eu saber, já que você se propõe a informar.
Ah, agora a gente pode ser irônica. Tudo certo, Brenda, vinda de você a ironia é mais nobre. Mais europeia e adulta. Agora, quer ver como na hora do ódio puro você deixa a ironia de lado? Por exemplo, o que deveriam fazer com quem matou o seu marido?
Eu não sei quem matou o meu marido.

Digamos que você soubesse. O que deveria ser feito com esse criminoso?
[...]
Vamos lá, Brenda, é só um exercício. Imagine que por algum milagre o Brasil tenha policiais competentes que encontram o assassino. E oferecem a você essa chance. Eles botam o assassino na sua frente, você pode mandar o que quiser, fazer esses policiais tratarem ele do jeito que você preferir. Você tem a escolha de fazer o assassino ser preso numa cela individual, iluminada, receber três refeições por dia, ter um advogado, ser solto em poucos anos, e então você pode cruzar com esse sujeito na rua e ele cumprimentar você, como vai, querida Brenda, a senhora já se recuperou do que eu fiz com o seu marido? Ou então você tem a outra escolha. Não pense como se a opção fosse oferecida para você em dois mil e dezoito, tanto tempo depois. Pense no mês da morte do seu marido. Na semana. No dia da morte, horas depois, o agente do país que você vai abandonar logo em seguida para passar seus muitos anos tristes na Alemanha, ou filmando na Síria, na Hungria, na Venezuela, esse agente faz uma proposta simples. Não custa nada. Você quer que o assassino tenha tratamento de primeira classe e volte às ruas como se nada tivesse acontecido ou, veja bem, você sabe, que ele tenha outro tipo de tratamento? Esse agente pode providenciar isso sem muito esforço. É o que um agente policial brasileiro faz com criminosos nas delegacias. A vingança que os selvagens oferecem de graça para os europeus, você não precisa nem assistir, nem sujar as mãos porque a gente suja para você com gosto.
Oquei. Eu entendi.
O que você responderia?
Eu já entendi, Raquel.
O que você responderia?
Sobre essa pergunta? Se você quer saber, e já que você fala dos

catorze anos. Quando a gente tem catorze anos os professores fazem esse tipo de debate, o que você faz se um terrorista... Se para salvar um inocente você precisa de uma confissão por tortura. Esse tipo de coisa. Mas eu não tenho mais catorze anos.

O que você responderia?

Raquel, a vida é mais complexa que um debate de colégio. Eu perdi o meu marido. Isso não é um dilema. Eu não penso se quem fez isso está vivo ou morto. No que essa pessoa pensa, no que ela faz hoje. Sabe qual a resposta para esse jogo? Isso a gente aprende no colégio também. A resposta é que eu não preciso responder. Eu nunca vivi nem vou viver a situação. Na minha vida não existe tortura em terrorista que pode salvar criancinhas. A minha vida é lidar com uma coisa horrível que aconteceu anos atrás. É o que faço. É o que vim aqui fazer, você gostando ou não.

O que você responderia?

Sabe qual é o objetivo dessa pergunta? Não é a pessoa dizer que permite a tortura para salvar criancinhas. É achar o jeito de justificar a tortura. Aí fica fácil justificar a tortura em qualquer caso, porque sempre vai ter criança inocente envolvida. Torturar um assaltante para ele confessar e ser preso é proteger a criança que ele ia assaltar no futuro. Torturar um traficante é proteger a criança para quem ele ia vender droga no futuro.

Eu não perguntei sobre proteção a crianças. A minha pergunta não envolve nenhum propósito maior. Você não vai salvar ninguém, não vai melhorar nada no país onde o seu marido foi morto, até porque não faz diferença, você vai abandonar esse país logo depois da morte do seu marido. Você vai passar anos no seu luto europeu, sírio, enfim, muito longe desse país. E só muito tempo depois desse luto você vem para cá fazer um filme, e depois do filme vai embora de novo, você vai percorrer novos festivais de documentários, ganhar novos prêmios em cima do discursinho político sobre o país que abandonou, mas isso não me interessa agora. Eu perguntei uma coisa mais direta, simples. Sobre o seu ódio. Ódio puro, desejo de vingança imediato. Gozo de vingança.

O que você quer, Raquel? Eu devo me pôr no mesmo lugar que você?

No dia em que seu marido morreu.

Eu devo concordar com você? Dizer que o mundo se resume a uma vingança sem fim?

Na hora em que você soube. No minuto exato.

O que importa se eu tive ódio? Se eu quis me vingar no dia, na hora que eu soube. E daí? Significa que por causa dessa reação eu iria matar o criminoso? Ou iria deixar o policial matar? O que importa é o que eu fiz. O que aconteceu. Não teve vingança, ninguém foi torturado. Eu não fiz nada para acontecer, nunca faria. Eu respondo como sou, não como quem tem um surto de ódio num momento, todo mundo pode ter isso. A pergunta é só outro jogo de tortura para salvar crianças, você quer justificar aquilo que você faz porque não tem ideia do... Oquei. Eu acho que respondi.

Como seria essa vingança, exatamente? Volte ao minuto exato, quando dão a notícia do seu marido. Quem deu essa notícia?

Bom, eu acho que já respondi.

Me diga, por favor. As palavras exatas. Qual o nome do seu marido?

Quantos anos você tem mesmo, Raquel?

Sandro, é isso? Quem disse para você, e em que ordem das palavras exatamente, Brenda, aconteceu uma coisa grave com o Sandro? Ou foi Brenda, eu tenho uma notícia ruim? Ou Brenda, meus pêsames, mataram o Sandro?

[...]

Brenda, meus pêsames, o Sandro foi morto por uma bala perdida no meio da rua, quando tinha ido ao supermercado. O

pessoal que estava passando aproveitou para roubar as compras dele. O que tinha nessas sacolas de compras? Pão e leite? Que coisa, esse pessoal é selvagem mesmo. Esse país é uma selvageria.
Como é para você nunca deixar de ter catorze anos, Raquel?
Não, Brenda, essa ironiazinha ainda é o verniz. Eu quero a resposta por baixo disso. Como a do Jessé. Ele perdeu uma filha, você perdeu um marido, eu sou só uma vaca que faz performance por uma coisa que aconteceu quando eu tinha catorze anos sem respeitar a dor de vocês. Isso é o que você acha de verdade. Por isso você se identifica com ele. Com o meu irmão, que defende ele. No fundo, o que o meu irmão diz de mim é o que você gostaria de dizer. Então diga. Ou faça. Ou mande fazer. Ou deixe fazer, assista enquanto fazem.

Alexandre

Sodoma e Gomorra não aparecem por acaso na vida de Ló, ele *quer* ir para lá. A campina verde é o contrário da escolha de Abraão. Abraão tem a fé que não depende de nada. Não precisa ir até a campina, você faz a campina aparecer no deserto.

Eu queria voltar para isso. Vinte anos que você convive com o pastor Duílio. Em noventa e nove você sai da academia do seu amigo, é isso? E você vai trabalhar na periferia.

Primeiro eu termino a faculdade.

A academia fecha em noventa e nove...

Início do ano. Com a disparada do dólar. Mas eu estava na faculdade ainda, na educação física tem essas horas de estágio... É parte do currículo, tem uma grade. Mesmo num spa de play-boy esses créditos contam como aula.

[...]

A melhor coisa que me aconteceu foi o spa quebrar. Porque eu acabei fazendo o estágio final num colégio público, e ali é que eu tive o primeiro contato... A coisa de estrutura. Imagina um colégio desses. Você pode botar os alunos para jogar futebol no recreio, porque tudo o que eles têm é uma bola que nem redonda é mais. Ou você pode pensar, será que esses caras precisam de um remo com pino macio? Num colégio público os alunos jogam taco com cabo de vassoura. Lutam esgrima com jornal enrolado, você põe uma estopa com tinta na ponta... Com musculação é a mesma coisa. A periferia não é uma coisa só. Tem lugar na periferia que é mais pobre, lugar que não é, dos anos noventa para os dois mil isso mudou muito, mas a minha *base*... O que eu comecei a fazer no início, muito antes de poder comprar esses aparelhos. Hoje em dia o Império tem os aparelhos, mas eu provei lá no início que isso não era o principal. Por exemplo, você pode botar água numa garrafa pet. Duas garrafas pet, um cano no meio, qual a diferença entre isso e um kit de halteres que custa cem reais? Um saco que custa duzentos reais na internet, digo, qual a diferença entre pegar uma câmara de pneu de carro ou de caminhão, você corta no meio, enche de areia, fecha as pontas... Fica no formato de uma banana, tudo igual. A questão é ter *autoridade* com os caras que vão usar isso, não depende de você chamar de pneu ou sand bag.

E aí você pega o dinheiro do apartamento...

Eu não *pego* o dinheiro. O dinheiro é meu pelo que diz a lei. E eu doei de volta para a minha mãe em dois mil e três, mas aí você vai ouvir a Raquel... A Raquel diz que eu abandonei a minha mãe para ficar rico, mas sabe que riqueza foi essa? No início. O grande golpe do monstro que vai morar num quartinho de dois metros. A Zona Leste tem Mooca, Itaquera. Penha. Cidade Tiradentes, cada lugar desses tem um perfil. O colégio onde eu dava aula fica num bairro onde não tem hospital, quadra de esportes. Você fala em mercado, sabe no que eu falava nessa época? Em *saúde*. Autoconhecimento. Isso muda inclusive o capital que você investe, eu não precisava de nenhum... Eu me arranjei nos fundos da primeira academia, não tinha fachada de vidro com leg press nem nada, era só um sobrado com terreno baldio na frente. Eu quebrei parede junto com os alunos da escola, pintei. Pá. O alvará do Império são os calos de todos ali. Eu paguei uma parte da reforma arrumando trabalho para eles depois, os primeiros inscritos...

Isso é noventa e nove?

Dois mil já. Eu tinha um plano de mensalidade que até hoje no Brasil inteiro... Isso é antes do governo Lula. Não tinha boom da economia, nada. Mais uma vez os bezerros. Todo ciclo econômico no Brasil é isso, sempre foi, sempre vai ser, eu fui morar no meio desses caras muito antes da palhaçada toda que foi essa década, conversava com os inscritos da academia, com os pais deles. O que eu passei a oferecer ali... Um eletricista que mora num bairro pobre não tem dor nas costas? O que esse cara quer além de se curar? O filho dele, a família que só se fodeu na vida.

E aí entra o pastor Duílio.

Isso tudo é antes, Brenda. Você vai insistir nisso?

É que eu queria entender. Quando começa esse discurso religioso? Eu ouvi o pastor Duílio falar de Sodoma e Gomorra. Ele diz a mesma coisa que você.

Mas isso é a Bíblia. A Bíblia é um guia para todo mundo, não preciso que ninguém me diga... Eu comecei antes, nesse sobrado. No terreno baldio em frente. Sol na testa, é disso que estou falando. Você tem o ensinamento ali e aplica. No início eu treinei esses ex-alunos na base do suor e do ensinamento, não é questão de ir ao culto.

Não é questão de ir ao culto, mas você fala como o pastor Duílio. Isso da escolha do Abraão, como cada um interpreta. Eu reli o Gênesis para a entrevista.

Eu li o Gênesis duzentas vezes.

Então você sabe que o Gênesis não diz nada sobre os pecados em Sodoma e Gomorra.

Não diz?
Não os pecados que o pastor menciona. E você menciona do mesmo jeito. No Gênesis fala da imoralidade em Sodoma e Gomorra. Mas não fala de sexo, por exemplo.
O que é sodomia para você?
Eu queria entender isso, Alexandre. Em algum momento você conhece o pastor Duílio. Não é nos anos noventa, é em dois mil e poucos. E aí o que você era nos anos noventa, você que não era religioso... Mas o que é ser religioso? Na minha história não tem batismo no mar. Num rio, na piscina. Não é um teatrinho para os outros baterem palma, se você pega a minha vida nos anos noventa... Eu não sou mais o que era naquela época, mas não é pelo que eu digo que faço. É pelo que eu *faço*. Isso que é religião, foi o que eu disse antes, você olha para dentro de si mesmo... Para o que fez até ali. O que quer fazer a partir dali.
[...]
Todos esses bairros onde eu trabalho, pode ser o pior deles, o que hoje está pacificado... O que os caras querem é que você prove. A reza no meu caso é levantar às seis da manhã. Trabalhar do jeito certo, tratar os caras com respeito. No início o Império era garrafa pet e pneu, mas não era só isso, tem a postura que você... No colégio onde eu trabalhei, você olha para os alunos de quinze anos. Essa foi a vida do pai deles, do avô. Do tataravô, desde que esta merda de país é o que é. Os últimos anos, com e sem boom dos anos Lula... *Nova classe cê*, pergunta onde é que acabou isso. Pega o grau de inadimplência, sempre a mesma coisa. Collor. Plano Real. Depois a roubalheira da Dilma. Dois mil e oito, dois mil e treze, no fim você olha e o que sobra da papagaiada? A vida não é só consumo e dívida. O dinheiro vem e vai, no fim tem só os valores. O que transforma uma pessoa como o Jessé, com as condições que deram para ele... Você tem

a Bíblia e o baile funk. O trabalho às seis da manhã e a dívida com quem tem um fuzil. O Jessé escolheu um caminho. Já a filha dele, eu lamento dizer...

E aí o acordo com o pastor Duílio...

Brenda, eu trabalho com *esses* caras, *nesses* lugares. É essa a escolha que tem lá. O Império agora tem dezoito academias, no início era só uma. Você olha hoje, são quantos inscritos? Quantas pessoas que pagam avulso pelos cursos extras, os encontros? O canal do YouTube. Os campeonatos. As feiras. Pergunta o que essas pessoas todas têm em comum. Pega qualquer um ali, o cara da ferragem. Da sorveteria. O dono da loja de colchão.

[...]

Pega o Duílio mesmo. A escolha dele lá atrás. Tem um buraco no ombro dele, ele mostra isso no culto. Ele se meteu numa briga nos anos noventa, tomou um tiro. Ele tinha ido roubar um armazém e foi preso.

[...]

O Duílio saiu dessa vida, é isso que importa. O batismo na piscina não adianta nada sozinho. Vai ver se o que ele faz não tem benefício concreto, se o que eu faço... Nesses bairros nunca teve hospital, escola. Quando tem saúde não é hospital, quando tem ensino não é a escola do governo, aí chega alguém que ao menos tenta alguma coisa... Mesmo alguém que veio de fora como eu. Pergunta se alguma vez eu fiz qualquer coisa que não ajudar essas pessoas. Junto com o pastor. O comerciante. O advogado que atende ali, o dentista. Gente que nunca saiu por aí ameaçando os outros.

Esse acordo com o pastor inclui o quê?

O que você acha?

Eu sei o que está no contrato social. Vocês são sócios.

Sim, a gente é sócio. Mas não é uma questão de porcentagem. Você tem que olhar é o modelo atrás. Antes do Duílio ainda, o que eu fiz foi pegar tudo o que ouvia quando trabalhava no colégio… A *ausência de Estado*, isso num colégio desses você sabe como resolve? Além da esgrima com estopa. Você põe os caras junto na conta. Esse que é o segredo do Império, não sou só eu cagando regra no meio de cem alunos do ensino público, nem de mil inscritos num único evento… Eu tinha aluno monitor no colégio, tenho os inscritos agora. Eu cobro mensalidade e parte vai para os próprios caras, tem um sistema. Repartição proporcional e tudo. A margem de lucro desse negócio, se você quer saber… Se você me apresentar mil cineastas alemãs para fazer parte do Império, eu não vou pagar uma porcentagem pela sua indicação?

São bem mais que mil inscritos no Império. Pelo que li, são vinte mil hoje.

Não é questão de números. Nem de inscritos, tem os avulsos, as promoções. As campanhas de arrecadação, mas o que importa é que tudo reverte no fim… Aí é que começa o modelo. Dez bairros diferentes, isso cobre bem a Zona Leste. Um pedaço da Norte também. Seis sedes no interior já.

Você sabe o que dizem? Tudo o que você faz no Império, não só as academias… Os vídeos, as ações. Dizem que tudo é determinado pelo pastor Duílio.

As pessoas falam muita coisa. Mas quem é que precisa sentir vergonha nessa história?

Eu vi os vídeos que você gravou. Vi o programa do pastor Duílio. No conteúdo, por exemplo… Não tem diferença nas campanhas que vocês fazem. Nos alvos que vocês escolhem atacar.

Eu não tenho vergonha de nada. Eu não mostro a bunda em filme pornô, por que eu vou dizer que tudo bem filme pornô? Se você quer insistir nisso, olha para a vida de cada um. Pega o pastor mesmo. O pastor lida com craqueiro e aidético, você acha que ele vai pregar o quê?

[...]
Você quer saber o que é sodomia? Digo, o significado maior. Sodomia para mim é ir atrás da campina verde porque é mais *fácil*. É pesar doze arrobas e escolher continuar pesando doze arrobas. Esfregar as doze arrobas na cara de todo mundo porque nunca vai olhar para dentro, só você, o seu corpo. Quer coisa mais sagrada que o corpo de uma pessoa? Isso foi criado por acaso? Para você cagar em cima, deixar esse corpo terminar por causa do vício? Da doença mental. Para você culpar os outros pelo que é uma doença sua? Culpar o governo, a sociedade. A sua família.

[...]
Quer a diferença entre um pastor e um padre, esse padre do cemitério mesmo... No enterro da minha mãe, eu não sei quem arrumou esse padre. Um cara desses vem com história de eternidade, daqui a mil anos e sei lá o quê, olha o que a Igreja católica conseguiu nesse tempo todo, as guerras... A miséria. A pedofilia. Enquanto o pastor é aqui e agora, pá. O pastor está ali para resolver na hora o problema do cara que gosta de dar a bunda, mas não quer mais dar a bunda. E aí o pastor diz o quê? Ai, tudo bem dar a bunda?

Alexandre

O pastor Duílio usa Sodoma e Gomorra para falar de cura gay. De tratamento moral da depressão. Isso não está na Bíblia. Você tem certeza? Eu conheço umas vinte passagens da Bíblia sobre isso.

Estou usando o exemplo porque é um trecho do programa do pastor. Tem vários vídeos seus também. As pessoas acusam vocês disso, especificamente, então eu queria voltar...

As pessoas acusam. Uma vaca que mostra a bunda num filme pornô. Pega o exemplo do cara esse que dá a bunda, por mim ele faz o que quiser, com quem quiser. Agora, se ele *não* quiser, eu pergunto o que o pastor faz a respeito. O cara vai na igreja, vê uma palestra. O Império ajuda a dar um emprego para ele, o cara toma rumo na vida porque sabe que tem um amparo ali. Todo mundo que treina sabe, quando você cansa o corpo... O Império não é só academia. O cara que se inscreve pode só treinar, é um direito dele, mas ele pode também ter esse... Você cansa o corpo até o limite do espírito. E aí você funde o espírito com o corpo. Se o espírito for educado com valores, isso se funde com o seu corpo, desde quando é proibido falar dessas coisas?

É por isso que eu queria entender melhor. A sociedade de vocês, você conhece o pastor em dois mil... Até dois mil você tinha cem, duzentos inscritos.

A sociedade com o Duílio começa na primeira vez que eu falo com ele. Quando ele ouve a minha história de professor no colégio e eu ouço a história dele. É a junção dessas duas histórias, dos valores parecidos... Isso é que forma a sociedade, não um nome num papel. Em dois mil a gente põe o nome no papel, é tudo público, parabéns pela sua pesquisa, mas sempre foi uma coisa maior que isso. Você pode olhar para o Império e enxergar só um modelo de negócio. Mas você pode entender que o modelo não funcionaria sem o que tem atrás. Não é só a ligação com a Igreja. A distribuição do faturamento, os fundos. O organograma. Você vai entrevistar o Duílio também?

Eu estou tentando.

Você pode entrevistar ou ver o programa de tevê. Ele não muda o que tem para dizer por causa de plateia. Comigo é igual, você tem uma empresa inteira baseada nessa ideia de *transformação*. Quer ver uma coisa? Isso do organograma. O cara paga um dinheiro por mês. Como avulso, como inscrito que nunca chegou perto de uma academia... Digo, imagina a cada cem reais. Sessenta dos cem vão para o Império. As despesas todas, salário, manutenção. Os outros quarenta, *essa* que é a diferença... Dentro dos quarenta você faz um fundo. Mais de um fundo. Um para as famílias, outro para as palestras e assim por diante. Os vídeos que a gente faz. Isso reverte para os próprios caras. E eles pegam o que aprenderam e revertem de novo para a gente, passam eles a dar palestra. Eles é que fazem curso de boxe, krav maga. Depois ajudam na instrução de quem quer fazer o mesmo curso, é como uma... Essa palavra é ruim porque dá uma ideia errada. Se você pensa numa pirâmide. Mas essa palavra é ruim. Porque pirâmide é quando não tem fim, alguém se fode no final. No nosso caso é o contrário, você vai estabelecendo pontos, uma estrela, cinco estrelas. Tem um cartão do Império, o cara do minimercado aceita porque é associado. O da farmácia. Atrás de tudo tem um fundo que garante, mas não precisa porque não tem calote. O índice de calote do cartão sabe quanto é?

E a ideia da transformação por trás...

Não é só por trás. O cara entra no Império como inscrito, digo, no primeiro ano ele só paga a mensalidade para treinar. Ele vê as palestras. No segundo ano ele deixa de ser só o cara que paga, tem o sistema de pontos, já é uma contribuição... Não é só dinheiro, estou falando que ele faz alguma coisa, ajuda em algum evento. Cuida de uma banca de doce. Fica na portaria. Qualquer coisa, aí no terceiro ano ele ganha uma estrela. Duas estrelas aos cinco anos, três estrelas aos oito e assim vai. Ele passa a fazer parte de um... É a mesma transformação das palestras, dos vídeos. Dos discursos do pastor, mas o pastor faz o discurso na igreja. É diferente, no Império tem gente que não reza nem nada.

A transformação pode ser essa da cura gay? O exemplo que você usou.

Brenda, eu estou dizendo é que a coisa é um todo. Se não fosse, a sua entrevista seria com um empresário que vende aula de krav magá. Isso eu nunca vou ser. O que eu ofereço para as comunidades, os caras que têm ali um caminho... Eu comecei a aprender isso num colégio público que ninguém em São Paulo ouviu falar, você quer chamar isso de religião também? Eu não me importo. Pelo contrário, eu acabei de dizer que para mim religião é isso.

Sim. Por isso vocês pagam menos impostos.

Menos impostos como?

Menos que uma rede de academias comum.

Mas eu acabei de dizer que o Império não é uma rede de academias comum. Não tem nada de ilegal nisso, está no contrato social e tudo.

Sim, como numa igreja. Uma igreja não paga impostos, vocês pagam quase nada de imposto porque são quase uma igreja.

Tem alguma coisa de ilegal nisso? Nós não somos *quase uma igreja*. A razão social corresponde exatamente ao que o negócio é. Pode ter mais de uma atividade econômica no negócio, quando você emite nota seleciona a que se aplica. Se o cara paga mensalidade de academia, a nota vai com o código certo e o Império paga o imposto de academia. Aí não tem desconto nenhum. Agora, se ele quer ter o pacote todo, as palestras, os eventos, a nota que é emitida... A nota descreve o trabalho de transformação. Isso é trabalho espiritual.

Quantos no Império pagam só a mensalidade da academia? Quantas notas fiscais não seguem o regime de impostos da igreja?

Você nunca assistiu a um treinamento nosso. Se um pastor está em cima de um púlpito ou no meio de um ringue de krav maga... Se o conteúdo de transformação é o mesmo, faz diferença ser num prédio com uma plaquinha dizendo *igreja*? Agora, se você está tão incomodada com isso, por que não vai perguntar para quem fez a lei? A lei existe, eu cumpro a lei. Todo mundo que faz trabalho social é assim. Se eu estivesse numa... Por exemplo, quando você trabalha numa ongue de direitos humanos.

Você é o entrevistado, Alexandre.

Eu sou o entrevistado, então posso escolher o exemplo que quiser. Uma ongue de direitos humanos também tem um regime de impostos. Ela faz um trabalho que você classificaria como?

Eu não discuto isso, mas se você quer perguntar... Se você está muito curioso, o meu marido não era diretor de ongue. Ele recebia um salário, baixo inclusive. A questão dos impostos da ongue não tinha nada a ver com ele.

A questão dos impostos da ongue pagava o salário dele. Existe uma diferença entre as atividades da ongue onde o meu marido trabalhou... Ele fazia trabalho de campo com pessoas que perderam parentes por violência. Ele entrevistava as pessoas, escrevia relatórios. Alguns relatórios eram base de políticas públicas nas comunidades. Você pode achar que essas políticas públicas não servem para nada...

Justamente. Elas não servem para nada. Desculpa, mas foi você que puxou o assunto.

Não, você que puxou. O meu marido fazia um trabalho para incluir as pessoas. Isso pode funcionar ou não, mas é o princípio, enquanto você virou um homem rico com um trabalho que faz o contrário. Tratar gays como doentes, dizer que quem está em depressão é porque quer, a comunidade se torna mais solidária depois disso?

Ah, você quer falar de solidariedade. A artista que nunca botou os pés nos lugares onde eu trabalho. Eu poderia dar uns duzentos exemplos, as vidas de merda que essas pessoas tinham. Não é só gay e deprimido. Tem bêbado, prostituta. Gente sem rumo. Gente preguiçosa. Inclusive gente que nem você, Brenda, olha o que o Império faz com essas pessoas e olha a alternativa. A alternativa está aqui na minha frente. Você perdeu o seu marido há quantos anos e o que fez? Além de esfregar isso na cara dos outros. Que nem a minha irmã. Arrastar os outros para isso. Chamar os outros de filho da puta porque nunca enfrentou isso. Eu olho para você e sabe o que eu sinto? Você, a minha irmã. Eu sinto pena. Você jogou esses anos fora porque não pensou na coisa mais importante de todas. O Império muda as pessoas. Já os seus filmes, os filmes da minha irmã... O questionário do seu marido. Se você quer ajudar alguém na vida real, quem cuida do vizinho que está desempregado? Quem não quer mais passar a noite em claro porque está afundado na neurose?

[...]

Você quer comparar o que eu faço com o que fazia o seu marido, não tem problema. O seu marido entrava na casa das pessoas... Imagina o Jessé. Gente como o seu marido vai até a casa do Jessé, passa uma tarde lá. Duas tardes, não importa. Não é mais que isso, você sabe. Aí ele vai embora. Ele faz duzentas perguntas para o Jessé, como você está fazendo para mim, e o que acontece? Anos depois. O que acontece é que o Jessé continua o pai de uma filha morta, e o seu marido continua ganhando o salariozinho na ongue. Olha, Brenda, quem se aproveita da situação... O país no lugar de sempre. Sessenta mil assassinatos por ano e quem ganha um dinheirinho em cima disso é o marido da artista alemã Brenda Richter. A artista alemã Brenda Richter. Agora pergunta como vive quem ficou para trás. Os entrevistados dessas duas grandes pessoas que fazem o relatoriozinho, o filmezinho. Quem passa a noite afundado na neurose.

[...]

Eu lamento o que aconteceu com o seu marido, Brenda. Realmente eu lamento. Eu não comemoro a desgraça de ninguém, mas quem trouxe a desgraça para a conversa foi você. É simples, tem a regra do jogo. Quer jogar, pá. Eu estou do lado das pessoas que ficam em casa *depois* da entrevista. Depois do prêmio, do patrocínio da ongue. Do anúncio do Itaú, do Bradesco, do Banco Pontes. Sabe quantas pessoas eu conheço que sofreram violência? Quantos no Império, parentes de quem está lá. Parentes dos parentes dos parentes, vai num domingo ouvir o Duílio. Ouve os vídeos que o Jessé gravou quando a filha dele morreu, desculpa, o discurso de quem só faz perguntinha pode colar na hora do patrocínio, mas comigo não. Não com quem está no Império.

[...]

Quem está no Império não quer saber de *políticas públicas*. Eles sabem onde essa conversa começa e termina. Pega todos os governos que eu falei. Do Brasil. Os governos de São Paulo. A prefeitura que dá bolsa para craqueiro comprar cachimbo. Agora você vai me dizer que o seu marido resolveu alguma coisa na periferia brasileira? Que *você* vai resolver com o seu filme? Fala isso para um inscrito meu. Para quem é gay, deprimido. Prostituta. Já que você me acusa de preconceito, pergunta para uma dessas pessoas.

[...]

Essa é a sociedade que eu tenho com o Duílio. Nós dois entendemos isso como qualquer um que frequenta o Império. Por isso ele fala de Sodoma e Gomorra, para onde você olha quando a fé... Na hora em que você é testado. Se você vai esperar governo, o que for, ou você vai lá e *faz*. Você tem o instrumento. É só olhar para o seu corpo, está tudo ali. É a máquina esperando que você dê o comando. São vinte anos vendo isso no dia a dia, não é o pornô com a vaca de doze arrobas que vai provar o contrário. Um aluno meu pode ter sido gay, deprimido, drogado, eu estou cagando para a vida anterior dessa gente, para mim interessa é o cara *ali*. Sete da manhã. Pode ser no remo, no krav maga. Como podia ser na garrafa pet dos anos noventa. No saco de areia. Porque se você cansar o corpo até o fim, sentado, de pé... Um-dois-três no sol do meio-dia. Quebrando tijolo se precisar, esse que é o óleo da máquina. Pá. Aí de noite você não acorda cheio de neurose, isso eu posso garantir. O orgulho, *isso*.

Raquel

Vamos lá. Eu vou aceitar se você confessar. É para isso que eu estou aqui.
Oquei. Acho que está bom por hoje.
Ah, Brenda. Você começou a brincadeira e agora quer fugir? Você vem me ensinar o que é pornografia e quer que tipo de resposta? Que interessante, vamos falar sobre as relações entre feminismo e pornografia. Entre pornografia e arte. Entre arte e política. Você deve ter feito sua liçãozinha de casa, quantos artigos sobre a tradição da arte pornográfica política você leu antes de me entrevistar? Sobre a artista que atualiza essa tradição usando a linguagem dos nossos tempos, é assim que eles me definem? Parabéns para você, para esses críticos, todo mundo que entendeu o meu trabalho, como vocês todos são inteligentes.
[...]
Sabe qual é o problema da ironia? É que ela serve para ganhar dinheiro, prestígio, o que você quiser, mas nunca vai servir para falar de ódio. O ódio é sempre literal.
Oquei. Podemos encerrar por hoje?

Não. Faltou falar dos meus filmes.
Nós falamos dos seus filmes.
Não. A gente não falou sobre o que é mais importante neles.
[...]
Se você quer saber como é isso de ser literal nos meus filmes, recomendo que dê uma olhada nos comentários. A área de comentários das plataformas de pornografia, isso que eu mostro junto com os filmes nas exposições. Entra no Pornhub, vê o que eles disseram ali sem saber que aquilo é *arte*. Que aquilo é uma *linguagem artística e política dos nossos tempos*. Você tem interesse nisso ou acha que é uma coisa repulsiva?
Eu vi os seus filmes.
E o que achou?
O que achei não tem importância.
Que pena, Brenda. Seria uma oportunidade boa para discutirmos as sutilezas da linguagem artística e política dos nossos tempos. Uma troca de experiências sobre esse assunto tão complexo, você tinha tanto para me ensinar a respeito.
Isso não tem importância, mas se você quer saber. Que opinião minha você quer, sobre os filmes ou sobre você?
Dá para separar as duas coisas?
Você me diz, Raquel. Se quiser eu separo. Se não quiser, não separo. Se quiser responder por mim, fique à vontade também.
Você tem certeza? Olha que eu respondo mesmo. Para uma artista que nunca superou os catorze anos de idade, como você diz, isso não é difícil. Ainda mais quando pedem para ela falar do próprio trabalho, e quando esse trabalho é um poço de ego ressentido e vingativo.
Você quer saber o que eu acho dos filmes. É isso que eu acho.
Eu sei que é.
E é isso que acho de você.
Eu sei também.

Você é um poço de ego ressentido e vingativo. O seu trabalho não leva a lugar nenhum porque ele é reflexo de você. Uma coisa que termina em si mesma. Puro ego, puro ressentimento, pura vingança.

Não, Brenda. Se você tivesse me deixado responder por você, ao menos esse erro eu não cometeria. Porque embora você não consiga enxergar isso, existe uma troca nos meus filmes. Os meus filmes são sobre mim, mas também sobre a plateia que assiste. Os comentadores de pornografia da internet não nasceram condicionados a gostar de um vídeo onde uma gorda é espancada com um cabo de vassoura. Nem a comentar que essa gorda deve ser pisoteada depois. Quem mostra isso sou eu. Se você acha que arte não egocêntrica é a arte que faz uma denúncia política, bem, você pode dizer que estou fazendo uma denúncia. Eu estou *exibindo a realidade. Interferindo na realidade.* Forçando uma realidade escondida a aparecer. Isso os críticos dizem de mim, mas não é suficiente. Porque tem uma coisa além disso. Você veio até o Brasil e fez as perguntas que quis, agora deixa eu fazer umas perguntas também. Por exemplo, você nasceu na Alemanha.

[...]

Em Stuttgart, pelo que eu li. Em mil, novecentos e oitenta e um. Você tem trinta e sete anos. Isso você pode confirmar, não pode?

[...]

Você foi adolescente nos anos noventa. Você frequentou uma escola laica. O seu pai veio de uma família luterana, mas não praticava. A sua mãe nem isso. E olha que coisa ótima, Brenda, nenhum dos dois era muito rígido em outros aspectos. Eu vi isso numa outra entrevista sua, que sorte, você cresceu num ambiente *aberto*. Tinha livros em casa e tudo. Na Europa tem essa vantagem. Você nem tinha que ir à igreja, nem estudou num

colégio que exigia muita disciplina, não passou a infância ouvindo um pastor ou professor ou parente fazendo sermão ou proibindo você de ler o que quisesse, de brincar, ter amigos. Você se sente uma pessoa aberta assim desde que idade?
[...]
Vamos lá, Brenda. Desde os cinco anos? Os catorze? Posso apostar que aos catorze ao menos você já era.
[...]
Catorze anos. Que idade simbólica. E que sorte, nessa idade você não tinha medo de apanhar do seu pai. Ou da sua mãe. Nem ficar de castigo trancada num quarto escuro. Nem de morrer numa fogueira embaixo da terra. Você teve uma adolescência tão boa, eu li na entrevista, você mesma admite que isso é meio raro, a pessoa ter a sorte de estar aberta para a tolerância e a diversidade quando chega nessa idade tão decisiva. Suas noções do que é certo e errado, proibido e permitido. Por exemplo, como era para você aos catorze anos? A sua vida sexual.
É sério isso, Raquel?
A sua vida sexual de filha de pais liberais, os dois alemães não muito rígidos nos anos noventa do século vinte. Como era. Vamos lá. Eu não estou só falando de *vida sexual*, a coisa estrita. Estou falando de sexualidade. Você se masturbava?
[...]
É só uma pergunta, Brenda. Não é tão grave. Você não vai cometer nenhuma grande transgressão se disser que sim ou que não. No que você pensava quando fazia isso? Aos catorze anos. Ou aos vinte, aos trinta. Ainda hoje, aos trinta e sete. Se você se masturbou hoje de manhã, por exemplo. Você se masturba pensando no seu marido?
Oquei, Raquel. Por hoje chega. Não é moralismo, eu é que estou cansada. Você acha que não respeito o que aconteceu com

você, isso não é verdade, mas você já pensou se respeita o que aconteceu comigo?

Eu respeito o que aconteceu com você. Pode ter certeza. É o que estou fazendo agora, inclusive.

O que aconteceu comigo não tem nada a ver com você. São coisas incomparáveis. Não porque uma é maior ou menor, mas porque são incomparáveis. Cada pessoa reage de um jeito a essas coisas, isso você nunca vai entender. Mas se você quer saber mesmo, para mim não tem importância.

Que pena, Brenda. Uma documentarista que não se importa com quem está entrevistando.

Eu vou para o hotel agora. Estou cansada, só isso.

Mais um pouquinho só, por favor. Eu prometo que vou continuar não sendo irônica. Você foi irônica comigo, e no seu caso tudo bem pelo jeito, mas eu prometo que vou me comportar e não responder na mesma moeda. Eu só vou dizer o seguinte. Uma coisa não irônica, eu juro. Sobre isso de masturbação. De quando você tem catorze anos, ou trinta e sete, ou quarenta e seis. Você nasce com determinadas tendências sexuais, digamos, você, eu, os comentadores de pornografia na internet, e em algum momento essas tendências encontram um formato. Uma linguagem. No caso desses comentadores a expressão *vaca mocha* não é um dado da natureza, mas em algum momento vira isso. As pessoas gozam vendo *isso*, dizendo *isso*. Se dizer isso passa a fazer parte do gozo, como você vai acreditar que as duas coisas são separadas? Talvez a linguagem sexual que você encontrou na Alemanha fosse como a educação que você teve. A cultura onde você estava mergulhada. Eu não posso dizer que já era assim quando você tinha catorze anos, mas a sua vida pública quando adulta aponta para esse caminho tolerante, aberto. Eu não sei como era a sua intimidade com seu marido, mas eu imagino que em algum ponto existiu essa sintonia. Eu vi fotos dele. Li as re-

portagens todas. Ele era um homem bonito, generoso segundo diziam, com senso de dever social. Você se apaixonou por um homem *bom*, Brenda. Ele fazia um trabalho com comunidades carentes.
Você não sabe do que está falando.
Ah, eu estou falando só de aparências. Que vulgar. As aparências não têm nenhuma importância nisso tudo que a gente está discutindo? O fato de você vir na minha casa e ver como eu vivo, isso não é aparência também? O fato de eu ter cento e trinta quilos. De você não ver mais ninguém neste apartamento. De eu nunca ter casado, nunca ter namorado ninguém. Nunca ter tido amigos próximos, nem família desde que a minha mãe morreu.
[...]
Eu peço desculpas por continuar sendo irônica e egocêntrica, mas é porque no seu caso eu posso só imaginar como foi. Você não tem coragem de falar a respeito, então quem precisa falar sou eu. Você acha que o meu trabalho é um poço de ego ressentido e vingativo porque está preso a uma coisa pequena que aconteceu comigo aos catorze anos, mas quem sabe isso não tem outro significado? Quem sabe a minha aparência não é também um dado da cultura? Você vai dizer que a cultura não tem nenhuma influência na minha sexualidade? Ou seja, que a minha sexualidade não faz parte dessa cultura, e que falar disso não é falar também dessa cultura? Combater essa cultura, interferir nela. Ida e vinda, mão dupla.
[...]
De onde você acha que essas coisas nascem? Ou terminam de nascer, e ganham um formato específico. Eu não sei qual a linguagem que você encontrou quando começou a se masturbar na Alemanha, mas no meu caso aconteceu que eu ficava olhando para os meus peitos e a minha barriga. Eu no banho, a água cor-

rendo, isso aconteceu várias vezes. Inclusive no dia em que o meu pai foi falar com a coordenadora da oitava série. Nesse dia mesmo eu olhei para o meu corpo e pensei, *o bolo do leite dela, a pança não é enfeite*. Eu não pensei sou a futura artista Raquel Tommazzi, estes são os meus peitos e a minha barriga, os dois simbolizam a diversidade sobre a qual vou falar no meu futuro trabalho em favor da tolerância. Eu não pensei, eu como artista vou objetificar esse corpo deixando que alguém bata nele com um cabo de vassoura, porque assim eu faço uma ironia que critica a objetificação feminina no geral. Não, Brenda, eu pensei foi nos versos esses. Dez palavras. Dois octossílabos. Se fossem dodecassílabos seria diferente? Se em vez de falar de uma vaca mocha os versos falassem de uma flor, de uma fadinha na floresta, eu não seria quem sou e não estaria dizendo o que disse para você?

[...]

E se por um acaso eu estudasse num colégio tolerante da Alemanha, e não num colégio que ria dos peitos e da barriga da Vaca Mocha? Ou se isso não tivesse acontecido quando eu tinha doze, catorze anos? Eu me masturbaria do mesmo jeito que você na Alemanha, ou depois, no Brasil, o jeito como você se masturba ainda hoje pensando no seu marido bonito, com senso de dever social, esse jeito tão aberto de viver uma sexualidade amorosa e compreensiva em relação ao outro?

[...]

E se eu disser que a primeira vez que eu me masturbei eu não tinha como pensar em nada tão gentil? Eu não *conseguia* pensar. Eu posso até ter *tentado* pensar em termos amorosos e compreensivos, mas que material eu tinha para isso? Você talvez tenha fantasias muito abertas e generosas em que não existe ódio nem dos outros nem de você mesma, mas no meu caso eu lamento, que pena, não foi possível me masturbar pensando num coleguinha muito carinhoso que me tratasse bem no colégio. Ou que me desse um beijo escondido na escada. Ou que me convidasse para dançar na frente dos outros colegas numa festa, e não fizesse isso por causa de uma aposta, ou porque estava bêbado, ou drogado, ou querendo me destruir. Então dá para dizer que os impulsos iniciais da minha sexualidade foram afetados mais ou menos pelo que você vê nas plataformas de pornografia. Aquilo que eu ponho nos meus filmes. A Vaca Mocha que se ajoelha na frente dos atores, eles olhando para mim como as pessoas olhavam na oitava série. A mesma sensação de estar à mercê deles para ser humilhada, espancada, pisoteada, não interessa se com a musiquinha da oitava série ou com um cabo de vassoura. Então eu olho para os meus peitos e a minha barriga, e depois fecho os olhos, a água do chuveiro está quente. É a primeira vez que eu sinto isso, a água quente e a minha mão no meio das pernas. Catorze anos, a água quente e a minha mão. O ódio deles que é o meu ódio. Porque eu odeio a mim mesma como odeio o mundo e o mundo me odeia, uma coisa não tem como se separar da outra, e o que você acha que pode sair de bonito daí?

6

Misael Oliveira, ao lado de Raíssa Oliveira. Depoimento ao Canal Império. YouTube, 2011 (trecho).

MISAEL: Tem coisas dentro da gente. A gente sabe disso. Mas a gente sabe que quem controla essas coisas é a gente, não são essas coisas que nos controlam. Por exemplo, você pode aprender a andar como homem. A falar como homem. Não existe professor de teatro, fonoaudiólogo para filho de rico? E se *você* é que decide ter essa disciplina? Em casa, no trabalho. Só você e a sua vontade. O diabo só existe quando a gente deixa que ele exista. Quando a gente é que diz, bom dia, senhor diabo...

RAÍSSA: Pode fazer o que quiser.

MISAEL: Pode fazer o que quiser de mim.

RAÍSSA: Eu não tenho vontade nenhuma, senhor diabo...

MISAEL: Eu tenho fotos de quando tinha quinze anos. Ninguém nasce escravo, eu é que me deixei virar. Se você quiser ver foto minha de vestido... Eu ia em boate de travesti, quis botar silicone e tudo. Eu não tenho problema em dizer isso, a minha esposa sabe, quando a gente se conheceu isso foi a primeira coisa que eu contei e ela aceitou, por isso a gente está aqui. Uma hora em que eu disse, chega. Você não vai mandar mais, diabo. Se eu não tivesse tirado o chicote da mão do diabo, eu seria um morto aidético. A minha esposa seria uma morta aidética.

7

Paulo Silva, ao lado de Rosemere Santos Silva. Depoimento ao Canal Império. YouTube, 2013 (trecho).

PAULO: Se você largar só na mão dos médicos... Os psiquiatras, esses remédios que eles dão. O sustento deles depende *disso*, é só fazer o cálculo. O que um psiquiatra ganha se mostrar o poder que o paciente tem? Na semana seguinte o paciente não aparece no consultório porque está curado, adeus dinheiro da sessão.

ROSEMERE: (*Faz que sim com a cabeça*)

PAULO: Eu sei porque tenho experiência. Olha para os meus braços. Eu participei até de campeonatos, cento e cinquenta quilos no arranco. Categoria menos de oitenta, e antes o que era? Pagamento para charlatão. A minha esposa já ouviu essa história muitas vezes, ela aceitou casar comigo porque eu fui sincero quando expliquei o problema. Eu explico quantas vezes precisar. Eu gravo quantos vídeos... Não é, amor?

ROSEMERE: (*Faz que sim com a cabeça*)

PAULO: Eu gastei tudo que eu tinha com psiquiatra, remédio, e em troca o que eu ganhei? Todos os efeitos dos remédios, e a minha esposa ali para ajudar. Eu passei anos sem procurar emprego. Sem querer tomar banho. Eu não queria conversar com ninguém, não tinha mais desejo por nada. Você deixa o diabo ter o nome que quiser, depressão, impotência, mas quem escolhe sair disso é você. Você é que tem que olhar para o seu bíceps. Seu abdome. *Isso* é potência, o segredo não está em outro lugar. Doze horas puxando ferro, o resto do corpo vai no mesmo impulso. Cada órgão do corpo, a mente no comando. Para você ver, a minha esposa está até grávida.

8

Cena do filme Vaca Mocha 46, *dirigido e estrelado por Raquel Tommazzi, 2017.*

A personagem Vaca Mocha está ajoelhada. Ela usa um vestido e uma pulseira no braço esquerdo. O personagem Zé Carneiro segura um cabo de vassoura e veste apenas uma camiseta. Na camiseta há um desenho de um braço flexionado, exibindo o bíceps, e a inscrição Império.

ZÉ CARNEIRO: Tem outra coisa que faz bicho ser muito melhor que gente, você sabia? Eu trouxe até uns amigos para me ajudar a mostrar isso para você.

Surgem três outros personagens, não nomeados, todos nus da cintura para baixo e vestindo a mesma camiseta.

PERSONAGEM UM: *(Sorri)*
PERSONAGEM DOIS: *(Sorri)*

ZÉ CARNEIRO: A vaquinha não vai tirar a roupa?
PERSONAGEM TRÊS: Que vaquinha desobediente.

9

Comentários ao filme Vaca Mocha 46, Pornhub (*trecho, datas variadas*).

RODIZIODEGORDA: acrescenta eu rodiziodegorda@hotmail.com
JIBOIA 31: foi é pouco
PELUDO: vaca so sweet
DOUTRINADOR: faltou as outras traz
ALPHA38GIRTH: V.A.S.S.O.R.A.
CURIOSO: bariátrica já
FRIEND: Pisoteia
TAURUS: bate
JIBOIA 44: bate até o fim

10

Nota do Banco Pontes, 8 de fevereiro de 2018.

Nos últimos dois dias, recebemos diversas manifestações acerca dos eventos ocorridos durante a 1 Semana Pontes de Cidades e Convívio, em São Paulo. Pedimos sinceras desculpas a todos os que se sentiram constrangidos pelas cenas de nudez e violência verbal e física acontecidas no palco do Hotel Standard.

O objetivo do Instituto Cultural Pontes é incentivar o debate sobre questões fundamentais em tempos tão turbulentos, entre elas a violência e as formas possíveis de sociabilidade, e não gerar ainda mais tensão. Nosso papel como instituição é dar luz ao trabalho de pensadores, estudiosos, artistas e outros agentes culturais brasileiros para gerar reflexão. Sempre fazemos isso sem interferir no conteúdo do que é debatido, para preservar a independência daqueles que representam as mais diversas correntes de pensamento e expressão.

Desta vez, no entanto, ouvimos as manifestações do público e dos formadores de opinião e entendemos que, à parte a violência injustificável e as falhas da segurança, pelas quais assumimos responsabilidade, algumas das atitudes da convidada que acabou sendo vítima dessa violência desrespeitaram regras, crenças e pessoas, o que não está alinhado com a nossa visão de mundo. Quando a arte não é capaz de gerar inclusão e reflexão positiva, perde seu propósito maior, que é elevar a condição humana. O mesmo vale para os posicionamentos políticos dos artistas, inclusive aqueles que apoiamos com nossos programas.

11

Matéria na revista alemã Winckel, *janeiro de 2020 (trecho traduzido).*

O projeto sofreu vários atrasos. Logo depois das entrevistas que Brenda Richter fez no Brasil em abril de 2018, um dos financiadores do filme — a produtora holandesa TWE — decretou falência. O canal alemão BTZ Kraft passou a ser o único produtor e adiou a estreia para 2019.

Em 2019, porém, um dos entrevistados de Brenda, o agora deputado federal Alexandre Nunes Tommazzi, entrou com uma ação na justiça de São Paulo para impedir o uso de sua imagem. O BTZ Kraft disse "não haver chance", segundo a lei brasileira, de isso impedir a exibição do documentário — mas uma liminar emitida por um juiz local, que tem validade para países europeus dada a Convenção de Berna, atrasou negociações de veiculação e a própria produção.

Solução de dois Estados? é um decálogo documental sobre intolerância que teve segmentos anteriores gravados na Síria, na

Hungria e na Venezuela, este último bastante premiado. O segmento brasileiro traz, além de material de arquivo e entrevistas com sociólogos, filósofos e cientistas políticos, os depoimentos de Alexandre e de sua irmã, a artista performática Raquel Tommazzi. Os dois foram pivôs, em fevereiro de 2018, de uma briga iniciada quando a artista sofreu uma agressão num encontro de intelectuais em São Paulo.

Em meio aos problemas financeiros e jurídicos do filme, Brenda teve o que chamou de "crise pessoal aguda". Isso a fez desistir de ir ao Brasil para uma nova rodada de entrevistas, como estava programado, e quase abandonar o projeto de *Solução de dois Estados?* como um todo. Ela atribuiu o problema ao contato com um material que "ao contrário do que ocorreu em outros países, acabou tendo um impacto emotivo direto com o qual não consegui lidar num primeiro momento".

Recuperada em seu apartamento em Berlim, onde conversou com a *Winckel*, Brenda pretende finalizar a edição do filme até o fim de junho para estreia no segundo semestre — ou, no máximo, no início de 2021, sem acréscimo de entrevistas. "O que precisa ser dito já está no que eu ouvi em 2018", ela afirma. "Nada do que acontecer no Brasil e no mundo daqui para a frente invalida esse material. Pelo contrário, me parece que o que vemos e veremos nos próximos tempos em boa parte pode ser explicado a partir dele."

MATERIAL BRUTO

Raquel

Eu lamento isso tudo que você passou. De verdade. Mas você fala coisas que não sabe.

Eu não sei?

Você não sabe nada do meu marido. Não sabe o que foi... Isso que você fala. A vida íntima, a vida pública.

Você não quer usar esse exemplo, oquei. Eu falei do seu marido porque *você* tocou no assunto, mas imagine outro casal. Duas pessoas que fazem sexo papai e mamãe. Um dia vaza uma cena de sexo dos dois, pense na vergonha que os dois sentem, se é que sentem, a mulher pelada, o homem pelado, mas o que os dois estão fazendo de tão particular? De tão antissocial. O que esse ato revela de tão horrível, socialmente horrível, neles mesmos e em quem está assistindo? Quem aponta o dedo para esse casal vai alegar que não faz a mesma coisa na intimidade? Se esse casal simplesmente disser, sim, é isso o que nós fazemos, o bom e velho papai e mamãe como vocês todos fazem, ou dizem que fazem, esse discurso vai causar algum problema grave a esse casal?

[...]

Tem gente que tem essa escolha, Brenda. Eu não tenho. Se a minha intimidade vier a público a reação é outra. A minha intimidade não reflete nada que seja aceito socialmente. As pessoas não querem enxergar porque isso está nelas também. Elas também são responsáveis por isso.

[...]

Quer ver como funciona? A minha primeira vez foi aos dezenove anos. O que era para ser a primeira vez, ao menos, eu estava num bar em Londres e bebi até quase cair. Todo mundo lá bebeu até quase cair, então um sujeito veio falar comigo. Ele foi para a minha casa, tirou a roupa, se enfiou embaixo das minhas cobertas e não conseguiu fazer nada. Eu não tinha cento e trinta quilos ainda, mas já era todo um trabalho, a *mecânica*, você tenta uma posição, depois outra, e é humilhante para quem não consegue se encaixar direito porque não tem tamanho para isso, ou está bêbado demais, ou está com medo de ser esmagado, ou com um nojo que não consegue controlar, e acho que foi por causa do nojo que o sujeito se levantou, e se vestiu, ele poderia ter ido embora em silêncio mas não foi. Você sabe o que ele fez questão de me contar antes de ir embora? Dava para ver que ele teve prazer em contar. Os amigos dele tinham duvidado que ele iria para a cama com uma *mulher assim*, como eu, que divertido deve ter sido isso na noite da aposta, no dia seguinte, até hoje eu tenho certeza que eles riem quando lembram dessa história.

[...]

A minha primeira vez de verdade foi um pouco depois. Também em Londres, eu também tinha bebido, o sujeito que me arrastou para a casa dele tinha comprado uns poppers. É uma coisa que se usa para fazer sexo anal, um inalante, ele usou, eu usei, mas o que era para aliviar a dor não aliviou nada. Mesmo no papai e mamãe começou a doer muito e eu pensei, tem alguma coisa errada. O sujeito estava demorando e eu pensava, por favor. Termine logo, eu não aguento mais. Depois eu entrei num táxi, eu lembro de estar doendo muito ainda e eu pensei, por que eu preciso fazer isso? Eu tinha vinte anos e pensei, será que eu preciso disso?

[...]

Na vez seguinte eu tinha vinte e dois anos já. Você quer que eu continue?

Eu estou ouvindo.

Eu estava bêbada de novo. Drogada de novo. O sujeito também estava, e quando começou a doer eu falei, espera. Eu quero que você vá mais devagar. Que você espere um pouco por mim. Que você tenha um pouco de paciência, mas o sujeito não teve nem um pouco de paciência, e eu falei de novo espera, e ele disse só um pouco, e eu deixei que ele continuasse só um pouco mas ele foi além disso, demorou muito de novo, ele estava todo suado, gemendo, quase gritando, e quando ele foi embora eu senti uma coisa que eu nunca tinha sentido, um aperto no peito.

[...]

A vez seguinte foi com um garçom. Ele baixou as calças no banheiro do restaurante e fez eu me ajoelhar. Ele esfregou o pau na minha cara, enfiou o pau na minha garganta, eu mal conseguia respirar enquanto ele dizia, é isso que você quer sua gorda.

[...]

Na vez seguinte eu já morava no Brasil, e o sujeito fez *exatamente a mesma coisa*. Eu não tinha contado para ninguém sobre o garçom, não falei nada sobre quem eu era, do que eu gostava ou não gostava, mas acho que o sujeito intuiu que eu fui feita para isso. Ele olhou para mim e já sabia, eu estava saindo do banheiro de uma festa e ele me empurrou para dentro, me botou de joelhos de novo, eu abri a boca, ele dizia essa é a sua cirurgia de estômago, você vai ficar tão cheia de porra que não vai comer nada por uma semana.

[...]
Depois eu tentei com uma mulher, foi horrível. Depois outra mulher, foi horrível de novo. Depois mais algumas vezes, quantas, sete, oito, com gente que me conhecia, gente estranha, e todas as vezes foi mais ou menos a mesma coisa do mesmo jeito horrível, até que na última o sujeito resolveu me amarrar, ele usou um cabo de vassoura, ele me bateu e bateu e depois enfiou o pau na minha boca e no meu cu e depois me bateu de novo.
[...]
Na vez seguinte *eu* é que falei para o sujeito me bater. Ele entrou na minha casa e eu entreguei o cabo de vassoura para ele. Eu acho que ele nunca tinha feito aquilo, ele quis parecer mais experiente do que era, usar mais força do que precisava, e alguma coisa deu errado porque ele me bateu tanto e por tanto tempo que me deixou toda arrebentada, mesmo eu pedindo pelo amor de Deus que ele parasse, e quando ele foi embora eu deitei na cama e nessa hora eu pensei que ele podia ter me matado. E que talvez fosse melhor se ele tivesse feito isso. Eu fiquei ali achando que não ia conseguir dormir nunca mais, o corpo inteiro doía, o meu pescoço tinha travado, e foi então que eu decidi, agora sim foi a última vez. Eu disse para mim mesma, eu não quero mais isso. A minha vida pode continuar sem isso. Eu nunca mais vou tentar fazer isso com ninguém, foi isso que eu falei para mim mesma.
[...]
Não existe gente que vive sem sexo? Converse com mulheres de quarenta e seis anos. De cinquenta, sessenta. Mulheres gordas. Mulheres muito feias. Mulheres com problemas físicos e mentais. Mulheres que têm filhos e trabalham muitas horas. Mulheres que têm maridos que batem nelas porque não conseguem fazer sexo. Mulheres que têm maridos que batem nelas porque não querem fazer sexo. Mulheres que têm maridos que batem nelas por outro motivo, qualquer motivo, e de qualquer jeito não

fazem sexo com elas e elas não fazem sexo com mais ninguém. Tantas pessoas que simplesmente param de achar que isso é a coisa mais importante do mundo, de uma hora para a outra você percebe o quanto a sua vida não tem nada a ver com o que mostram no cinema, nos comerciais de tevê, *sexo é saúde* e tudo mais, família, felicidade.

[...]

Que história bonita para se contar, não? Eu nunca tive prazer fazendo sexo. Eu nunca gostei de ver pornografia. Eu tentei ver pornografia de todo tipo, convencional, não convencional, incluindo mulheres gordas que são espancadas de todos os jeitos, depois pisoteadas como eu sou nos meus filmes, mas eu não sentia nada vendo aquilo. Os atores eram ruins, a direção era ruim, e mesmo se tudo fosse bom eu acho que não sentiria nada, porque o jeito como eu sinto essas coisas não tem nada a ver com uma situação que eu esteja vendo. Nem participando.

[...]

Eu não tenho prazer fazendo os filmes em que sou espancada e pisoteada. Eu nunca tive prazer com nenhum tipo de contato físico. Eu tinha *vontade* de ter contato físico, mas toda vez que eu tive esse contato as coisas foram horríveis. É diferente se masturbar pensando numa fadinha na floresta e tentar achar essa fadinha num banheiro de restaurante. É diferente se masturbar pensando num cabo de vassoura e levar uma surra de verdade assim. Eu comecei a me masturbar na época da humilhação do colégio, mas a humilhação da vida real nunca é a humilhação que você escolhe.

[...]

Você pode transformar a sua vida basicamente nisso, ódio de si mesma e prazer de ter ódio de si mesma. E então mais ódio por ter prazer de ter ódio de si mesma, até que com o tempo isso começa a mudar. Eu operei o joelho faz uns anos, apareceu uma artrite, a minha glicose sempre foi ruim. Eu não sei se foi por causa disso tudo, dos hormônios, do que mais os cento e trinta quilos possam causar na minha idade, mas o fato é que hoje eu me masturbo menos do que anos atrás. Cada vez menos. Hoje eu posso dizer que é uma questão de tempo até quem sabe eu poder viver sem precisar disso. Quase uma cura gay, não? Parece até com os vídeos do Alexandre. A diferença é que eu não agradeço ao Império por isso. Eu não gravo depoimento nenhum exaltando o poder interior da mudança graças às milícias do Império. O depoimento que eu posso gravar é este aqui, a vaca na frente da câmera para contar uma história de sucesso profissional, incluindo o patrocínio que o programa de incentivo cultural do Banco Pontes resolveu dar para mim. Um patrocínio que durou muitos anos, que me fez viajar por vários países, e me deu dinheiro com os trabalhos que eu comecei a vender muito bem por causa dessa fama, até os trabalhos antigos. Até os mais novos. Até os filmes pornográficos, veja bem como são as coisas, tudo o que essa gente está pronta para bancar até a vaca mostrar para eles a verdade sobre esse trabalho. A vaca mostrou como eles não tinham entendido direito esse trabalho. Porque o trabalho nunca deixou de ser sobre *isso*, o que o mundo que essa gente endossa planta no interior das pessoas. O que esse mundo faz com a intimidade de pessoas como eu. Com a sexualidade delas. Com a personalidade delas. Com o futuro delas. Não existe separação nenhuma nisso, Brenda, eu sou a vaca que apanhou em público porque o meu trabalho já era sobre isso. O meu trabalho já era sobre isso porque eu sempre fui isso. Isso é o que está na frente da sua câmera, é o que eu vejo quando me olho no espelho. O que está na imagem desse corpo. A história desse corpo, que também é uma história pública. Nesse corpo também está a história do meu irmão, do juiz, do Jessé e de todos os outros, inclusive os que me financiaram, os que passaram anos me bajulando como se não fossem parte ativa desse horror.

Alexandre

Eu acredito, mas ainda assim... Eu tenho uma curiosidade. Sobre o Jessé, ele era que tipo de inscrito? Uma estrela, cinco estrelas?

O Jessé era cinco.

Cinco estrelas tem ajuda jurídica. A fiança quando foi preso, o advogado. Na prática, você paga a defesa do homem que agrediu a sua irmã.

Não sou eu. Esse advogado é do Império, essa parte do trabalho dele... No Império tem advogado, contador. O advogado defende o contador se precisar. Aí o contador faz um serviço para o advogado. Não é cem por cento assim, claro que as coisas têm custos diferentes... Tem um sistema de compensação. Os descontos. Você está esquecendo que o Jessé contribuiu a vida toda com esse fundo.

E como você se sente com isso? Esquece a parte formal, estou falando da ética.

Mas essa é a ética. Não importa o que eu acho do Jessé. Não tem como usar o fundo jurídico para o réu xis e não o ípsilon. Eu ser irmão da Raquel não muda isso. O Império não defende estuprador, pedófilo. Quem mata criança, tem regras, exceções... Só que isso é definido *antes*. Digo, se o Jessé fosse um estuprador... Mas ele não é um estuprador. Não é um assassino, não vende crack no berçário.

[...]

Uma coisa é você pensar em mim aqui, em dois mil e dezoito, outra é pensar no modelo desde que o Império começou. Pelo modelo você não escolhe quem vai usar ou não o dinheiro do fundo no futuro. No meio dos anos dois mil, quando a gente começou a implementar essas coisas de verdade... Porque aí a gente começou a ter escala. Você acha que nessa época eu vou imaginar que o Jessé... O Jessé fez a escolha dele. Ele resolve ir a um seminário no Hotel Standard, o cara passa o dia ouvindo aquela merda toda no seminário, aí chega na última palestra do dia... Eu não mando em ninguém, Brenda. Justamente. *Isso* é o Império, cada um é responsável pelo todo e por si.

Cada um é responsável de acordo com o modelo dos vídeos do pastor, dos seus vídeos. Dos vídeos dos seguidores do Império. O Jessé chega a cinco estrelas porque segue esse modelo.

O Jessé é o cara que se transformou. Eu sou o cara que me transformei. O Duílio mesmo, se você comparar... Uma coisa que ele sempre fala, desde que a gente se conheceu, eu lembro de uma das primeiras conversas que a gente teve. Foi num fim de ano. Dezembro, eu lembro porque tinha uma história dos presos, indulto de Natal. A gente estava falando disso, o Duílio tem essa ideia que é simples e que se você for ver... Nenhum de nós é padre nem picareta, tem uma coisa muito concreta ali. Isso de perdão. O instrumento. Todo mundo merece perdão, o preso, o aidético que passou doença para a esposa, mas isso não é uma via de mão única. O cara tem que pedir perdão *específico*. Não adianta só dizer que está arrependido. Uma coisa geral, ai, eu

lamento muito o que fiz. Eu sou um monstro mesmo, ai, não tem jeito, eu não me controlo porque sou uma vítima também, pobre da minha esposa querida para quem eu passei aids.
[...]
Desculpa, mas esse tipo de perdão é a mesma coisa que nada. Se você não especifica por que está pedindo perdão, não mostra que entende de verdade por que está pedindo... Só dizer que foi porque bebeu, porque estava na miséria ou tem o temperamento do demônio, o que isso significa? Você está falando da grama e do adubo, não da erva daninha. Você transfere a culpa para a bebida, a miséria. O demônio, você diz que não existe vontade nenhuma ali, você é um escravo de uma coisa maior... Não no Império. Não para o Duílio, para mim. *Existe* uma vontade sua. Você *quis* fazer o que fez. O pastor Duílio foi preso porque tentou roubar um armazém, ele levou um tiro do balconista. Ele ficou no chão do armazém quase morto até que chamaram a polícia. Esse é o início da conversão dele, mas isso basta? Ele teria fundado uma igreja só dizendo que estava arrependido?
[...]
Isso de se esconder atrás da coisa geral... Cristo dizia isso. Ele dizia, para amar de verdade você tem que conhecer aquilo que ama. Conhecer você mesmo. Conhecer o amor. Sem uma dessas três coisas você está no engano, amando uma coisa que não existe. Ou confundindo o que sente. Porque não sabe o que é sentir isso, a responsabilidade.
A gente pode deixar Cristo e voltar para o Jessé?
Mas eu estou falando do Jessé. O perdão é a mesma coisa que o amor. Como você faz para provar que sabe o que quer que perdoem, quem você quer perdoar? E o que é esse perdão? Você vai lá e *fala da erva daninha*. Repete quinhentas vezes se precisar. Você tem que passar seus anos na cadeia e quando sair voltar ao

armazém e chamar o dono. Você tem que dizer na cara dele, eu tentei roubar o seu armazém. Eu levei um tiro do seu funcionário. Se ele não me desse um tiro, eu teria dado um tiro nele. Eu teria matado o seu funcionário porque queria roubar. Teria matado você junto com o funcionário. E assim por diante, de novo e de novo, vale para o Duílio, para o Jessé.

[...]

A conversão do Jessé, isso que você falou do *histórico de violência*... Essa época dele, antes da filha nascer. Mesmo morando onde ele morava. O desemprego. Essa época foi uma merda antes de tudo por causa do Jessé, isso é conhecimento, é o que o cara tem que saber antes de qualquer... Sem isso o Jessé não teria entrado no Império, não teria virado inscrito, inscrito cinco estrelas e o cacete, um cara que foi modelo para tanta gente antes da história do hotel. O Jessé não teria se transformado em nada se um dia ele não tivesse chegado para a esposa, e não foi uma vez só, em particular. Foram várias, em público. A gente filmou ele fazendo isso depois. Tem muitos vídeos dele, você repete e repete. Você cansa de repetir a ponto de aquilo virar uma verdade que você nem pensa... No fundo, a sua obra é que é a verdade. As pessoas que o Jessé ajudou depois, o arrependimento concreto depois do específico, isso que é a prova do caminho dele.

[...]

Para quem olha de fora, a minha sociedade com o Duílio cuida disso tudo em duas frentes. Ele com o espírito das pessoas, eu com o corpo. Mas isso é uma visão de fora, se você conhece mesmo o Império sabe que tudo é uma coisa só. Deixar a bebida. Arrumar um trabalho porque você deixou a bebida. Dormir à noite porque você está cansado do trabalho, isso é o corpo, mas dormir em paz porque você tem como pagar as contas da sua família...

[...]

Você treina o corpo e o espírito na academia, isso ajuda a achar o caminho. É o que o exercício físico faz com o vício em crack, a depressão. A vontade de dar a bunda e passar aids para a esposa. Não existe ajuda espiritual sem o corpo estar junto no pacote, você pode pegar todos os ensinamentos do pastor, mas às vezes o que você precisa... Sete da manhã. Você ali no remo. No krav maga. O *suor do teu rosto*, Deus não está falando só de trabalho. Ele está falando de trabalho, mas também de você com você mesmo. Isso é fugir da sodomia. Em Sodoma e Gomorra não tinha krav maga.

[...]

Em Sodoma e Gomorra não tem vídeo que você grava... Quantas vezes o mesmo vídeo do Jessé, as mesmas perguntas. Olha no nosso canal, o Jessé virou instrutor de krav maga, não é só a reza. Digo, o associado cinco estrelas. Para chegar nesse nível você tem que ter o pacote todo, reza, treino, o que precisar. O krav maga tem essa visão global também, você treina autodefesa com o corpo, mas se precisar jogar uma cadeira no inimigo... É disso que o Jessé fala quando bota a esposa na frente da câmera. Quando ele diz para a esposa, você sabe quando a nossa filha tinha seis meses e vivia chorando e doente? Sabe aquele dia no ano tal, mês tal? Hora tal, sabe onde eu estava naquele dia? Sabe como foi a minha vida antes de eu resolver arrancar a erva daninha? Todas as vezes que eu bebi. Que eu dormi com puta. Que eu briguei em bar. Que eu bati em você. Que eu ameacei bater na nossa filha bebê. Que eu ameacei botar fogo na casa com você e a nossa filha bebê dentro, eu me curei disso tudo treinando o espírito e o corpo.

Alexandre

O vídeo do Jessé com a esposa continua no ar?
Não.
O advogado disse para tirar por causa do processo?
Eu não participei dessa decisão.
Se não tem o processo, o vídeo continua no ar?
Eu não participei de nada disso. Mas eu posso dizer… Cada coisa tem um momento, isso foi o momento do Jessé quando gravou.
E o momento dele agora? Ele pagou fiança, mas vai preso no fim.
Ele não vai preso. O advogado nesses casos… Eu falei com o advogado. Eu tenho obrigação porque é o Império. O Jessé é um inscrito do Império. Vai ter condenação, mas vão trocar a pena por serviços para a comunidade. Não está errado. O cara faz uma merda, paga por isso, mas não precisa passar anos enjaulado.
Preso ou prestando serviços, como fica a situação? Ele continua cinco estrelas?

Não.

Mas ele continua inscrito.

Se ele quiser. Ele vai ser condenado e começa a caminhada de novo. Volta ao zero, dois mil e dezoito, mas não numa jaula. Se ele estiver disposto a mudar de novo, não sou eu que vai dizer... Não teria sentido dizer outra coisa. O Império é todo construído em cima disso, você se arrepende, pede perdão, se transforma. Vira exemplo.

Se ele se arrepende e recomeça, o vídeo que ele grava sobre o recomeço... Como seria esse vídeo? Ele tem que botar a sua irmã junto na filmagem, é isso? Ela tem que perdoar o Jessé na frente da câmera.

Você está querendo de novo... Eu vou passar a tarde inteira dizendo, como eu vou ter vinte mil inscritos exigindo uma coisa dessas? Eu estou falando dos *exemplos*. Para você ser cinco estrelas. Aí sim, você bota a sua esposa ali. O dono do armazém. Agora, isso não pode valer para vinte mil. O Império é uma estrutura grande, nem sempre dá para ter a dupla no vídeo. Tem gente que já morreu, gente que não quer... A minha irmã *nunca* ia participar de uma filmagem dessas, eu sei, você sabe, isso é a mesma coisa que eu filmar você com o cara que matou o seu marido. Se é que esse cara está vivo. E se alguém sabe quem é ele. Você vai participar ou não do vídeo com esse cara, isso é uma escolha sua. O Império não obriga ninguém, de um lado nem de outro. Agora, você vai impedir a pessoa de se arrepender sozinha? É assim que funciona, Brenda, se você está do lado de quem acha que não existe perdão neste mundo, que ninguém pode se transformar... Eu estou do outro lado. A minha vida inteira foi estar do outro lado.

Só para eu entender, porque isso é importante. Se a Raquel aceita participar do vídeo com o Jessé...

Você já conhece a minha irmã.

Eu não disse que ela vai participar. É só uma hipótese. Na hipótese o Jessé tem que dizer alguma coisa para a Raquel. Ele tem que arrancar a erva daninha, como você diz. Eu quero entender como funciona, o passo a passo desse vídeo.

Não existe passo a passo. Os vídeos não têm uma ordem, eles são diferentes entre si. Tem uma espontaneidade.

Não falei da parte formal. Pense no conteúdo. O Jessé termina o vídeo explicando o que aconteceu no boteco perto do hotel. E depois a agressão no hotel. Mas isso eu já sei como foi, tem o que filmaram no celular. Eu queria saber é de antes, os dias anteriores. As semanas, os meses.

Não tem semanas nem meses.

O Jessé não acorda um dia e decide ir ao hotel com um ferro na mochila. Tem uma preparação, é disso que ele precisa falar no vídeo. Por exemplo, como ele fica sabendo da existência da sua irmã.

Dos filmes?

Dos filmes, da sua irmã.

Mas todo mundo sabe disso. Você acha que sou só eu... Que isso não chega a esses caras? O que a minha irmã faz é público. Esses caras fazem parte do Império. Você viu o último pornô dela, por que eu estou repetindo essa merda toda? Você sabe o que ela mostra nesse filme. O personagem do filme aparece com o logotipo do Império na camiseta, só o que falta é você dizer que não é provocação.

E aí você mostra esse filme para o Jessé.

Mas eu *não preciso mostrar*. Você acha que isso não chega em cinco minutos? Ela bota esse filme no ar, em cinco minutos todo mundo já viu. Eu estou nesse grupo de WhatsApp, o que eu vou dizer? Isso chega no meu celular, bom dia, olha o que a sua irmã fez, Alexandre, e eu não tenho como não dizer o que penso. Agora, o que cada um vai fazer depois... O Jessé está no grupo.

Pergunta se foi *isso* que motivou. Digo, se foi o que eu falei ou deixei de falar. Pelo jeito você não viu o que *ela* disse sobre esse filme. As entrevistas. Ela diz que o filme é sobre a *milícia*, o *crime*, e o nosso logotipo lá no meio, você quer acreditar que quando o Jessé vê uma coisa dessas...

[...]

O Jessé perdeu uma filha. Existe nome para filha que perde pai, mas não para pai que perde filha. Quando um pai perde a filha a última coisa que ele quer ouvir é uma vaca dessas... Por que uma vaca escolhe justamente *esse* assunto? Ouve a entrevista em que a Raquel fala do Império. Sabe o que o Império fez no caso do Jessé? Além de ajudar ele a parar de beber. A parar de arrumar briga. A fazer as pazes com a esposa. A cuidar direito da filha. A arrumar emprego, gente que é ligada ao Império e tem uma empresa de segurança... Um supermercado que usa essa empresa de segurança. Vê se um cara que a gente ajudou nesse nível, que mudou a vida nesse nível... Sem fazer mal a ninguém, sem se meter com bandido. Prostituta, nada, nunca mais, aí acontece uma merda dessas com a filha do cara e como ele reage? A cruz que o cara carrega, já chega o peso da cruz, mas esse peso não é suficiente porque uma vaca que faz filme pornô... Essa vaca não consegue olhar para a dor desse cara. Ela põe o dedo na cara dele e *ele* que é violento. *Ele* é que toca terror no mundo.

Ela não fala do Jessé nas entrevistas.

Não fala o nome dele. Mas de quem ela está falando? Além do Jessé. Quando ela fala do Império.

Ela dá essa entrevista e o Jessé resolve ir até o hotel...

Brenda, por favor. Eu não estou falando da surra, estou falando do cara que está ali... O cara sabe que vai ter esse seminário, a minha irmã é uma das convidadas. Ela está lá para falar de *violência*. Eu não acho nada estranho que o Jessé tenha pensado… Digo, ele foi lá ouvir o que essa gente tem para dizer sobre *violência*. É difícil entender? O grau de mentira, você chamar um cara desses de miliciano… Você sabe o que significa a palavra miliciano? O que é para um cara desses ser chamado de bandido. Um bandido deu um tiro na filha dele, aí vem uma vaca que faz filme pornô e chama o Império do quê? Ele sendo um cara tão importante dentro do Império.

Essa entrevista dela… Isso foi quanto tempo depois da conversa de vocês no cemitério?

É só calcular. A minha mãe morreu faz um ano.

Você acha que a sua briga com a Raquel no cemitério influenciou a entrevista dela?

A *minha briga*? Quem começou isso tudo?

Semana passada você disse que processou a sua irmã pelo que aconteceu no cemitério. A sua irmã ficou furiosa com o processo, deu a entrevista porque estava furiosa.

Furiosa porque eu tenho direito à herança também? Ai, que injusto. E aí eu faço o que em troca? Eu vou ficar furioso também porque ela roubou as joias da minha mãe e saiu por aí dando entrevista me acusando? Eu vou chamar ela de ladra numa entrevista? De mentirosa. Como se eu tivesse catorze anos de idade, numa briga de colégio.

Você está aqui. Esta entrevista é sobre isso, justamente.

Mas *não fui eu que comecei*. É tão difícil entender? Eu também preciso proteger o meu negócio. A minha família. Eu seria um rato se não defendesse o Império. O Império tem vinte mil inscritos, na verdade mais que isso, a gente continua crescendo, o efeito disso nessas comunidades… Eu posso me dar ao luxo de arriscar isso por causa do que a Raquel diz? Hoje em dia, com internet. O jeito como essas coisas se espalham. Você vai fazer um filme que pode ser uma merda para cinco pessoas, mas pode também passar no mundo inteiro, como eu vou saber? Eu vou me negar a dar entrevista para você? Deixar passar essa chance de defender a coisa que mais acredito no mundo porque aí eu prefiro ficar quieto quando sou eu o Judas da vez...

A entrevista comigo não é a sua única manifestação pública. Não foi só por causa da briga com a Raquel. Há muito tempo você se manifesta, você faz vídeos de WhatsApp, de YouTube.

Eu me manifesto sobre o quê? Eu digo o nome da minha irmã? Eu falei alguma vez do Plano Collor, o cacete? De Londres. Da minha mãe. *Nunca*, Brenda. O que eu fiz esse tempo todo não tem nada a ver com a Raquel. A Raquel quer achar que tudo gira em torno dela, eu não posso fazer nada. Me desculpa. Nesses vídeos aí eu falo das coisas que falei para você. Eu falo do cara que está na merda e se transformou. Do cara que tem uma família e respeita a família. Do cara que bota os filhos na escola, eu tenho dois filhos. Eu amo os meus filhos. Eu tenho o direito de botar eles numa escola que respeita os meus valores. Eu não quero filho meu aprendendo com drogado, pode ser? Com prostituta. Com o cara que pega aids porque deu a bunda e depois passou aids para a esposa. Olha a idade dos meus filhos, vê se um pai não tem direito de pelo menos dizer... Eu não posso nem falar que não quero os meus filhos vivendo num filme pornô? Aí a vaca resolve fazer filme pornô e espera o quê, eu deveria fazer o quê? *Parar* de falar nisso? Negar tudo o que foi a minha vida. Eu como o exemplo vivo disso. O cara que se fez sozinho, que foi lá e arrancou a erva daninha.

São essas coisas que o Jessé Rodrigues ia dizer? Se ele grava o vídeo com a sua irmã.

Qual o problema se fosse isso? O meu exemplo, o exemplo dele, são os mesmos valores.

Ele ia dizer o que você diz nos seus vídeos. São os valores que fizeram ele procurar a Raquel. Você diz que no meio do caminho ele resolve beber, e porque bebeu resolve bater nela, mas ele já saiu de casa com uma barra de ferro. Você não vê nenhuma intenção aí? Nenhuma ligação com o que você prega? Nenhuma responsabilidade sua, já que você falou dela nesses vídeos...

Só se você me disser que eu falei alguma mentira.

Você gravou um vídeo no dia seguinte ao enterro da sua mãe. O vídeo diz que ela foi enganada por uma pessoa da família, roubada. Envenenada, essa é a palavra que você usou. A pessoa da família é a sua irmã.

Isso é mentira? Eu dei uma opinião num vídeo privado, qual o problema?

Esse grupo tem centenas de pessoas, que espalharam para outras centenas, milhares. Logo depois você gravou um vídeo dizendo que o maior problema no mundo é a pornografia. Que a pornografia é como o crime. Que fazer pornografia é como vender drogas para crianças.

Na verdade, é até *mais* fácil. Digo, o acesso à pornografia. Em relação ao acesso à droga.

Você defende a pena de morte para quem vende drogas.

Brenda, por que a gente não fala claramente?

Em outro vídeo, você convoca os seguidores a ir a um museu protestar contra uma exposição. Em outro, a ir até um colégio protestar contra um professor por um livro que ele recomendou. Em outro, você aparece queimando esse livro. Em outro, você queima a foto desse professor. Esse professor foi hostilizado pela internet, pelos alunos, ele teve uma crise nervosa e pediu demissão do colégio. Você fez isso mais vezes, com a foto de outras pessoas, jornalistas, artistas. Uma diretora do Conselho de Psicologia. Um médico que deu uma palestra sobre depressão. Você virou o líder disso, não tem como separar isso dos atos concretos. Das pessoas que cometem os atos, pode ser o Jessé no hotel ou qualquer outro.

Você quer que eu seja claro? Eu ajudo pessoas, eu sei o que a vida delas virou. Não sei se você já conversou com uma prostituta, com uma pessoa dessas que vive a vida... Não sei se isso vai ficar bonitinho na Alemanha, mas não contem comigo para elogiar a vida de uma prostituta. De um drogado. De um cara que está na merda porque não tem emprego nem força para procurar um emprego. Eu sou o cara que oferece outra coisa para essas pessoas. Se elas quiserem, eu estou aberto para ajudar. Agora, se elas não quiserem... Se a pessoa quer continuar deprimida na cama. Vendendo crack no berçário. Dando tiro em baile funk. Destruindo família que nem a do Jessé, se a pessoa acha isso tudo bonito, se tem médico que até *elogia* essas coisas, psicólogo, artista que faz filme pornô, aí eu ofereço o tratamento que eles todos merecem.

Alexandre

O tratamento que você diz é levar uma surra?
Eu não dei surra em ninguém.
O que você acha da surra que a Raquel levou? Isso você não respondeu ainda.
Eu respondi, Brenda. Eu não aprovo a surra.
Você falou em termos genéricos. Eu queria saber especificamente, como você diz. Se você vai orientar o Jessé na gravação do vídeo de arrependimento dele. Você com o Jessé, a câmera do Império na frente dele, como eu estou na sua frente. E você como diretor da cena. Você orienta o Jessé a começar por onde? Na hora que ele vai descrever a surra.
Você viu a filmagem da surra. Todo mundo viu. Eu vi também, é isso que você quer?
Sim. Eu quero ouvir uma descrição sua. Isso tem a ver com o assunto que você tratou. Você diz que o Império se baseia na ideia do perdão.
Não do perdão. Da transformação.
Transformação que é uma espécie de perdão.

Não. Perdão tem a ver só com o sentimento. Ai, eu estou triste por ter feito uma coisa e você me perdoa. O padre. Você diz que estuprou doze crianças e o padre manda você rezar duas ave-marias. Transformação é outra coisa. Não é de graça, você tem que ir na casa dos pais dessas crianças, do dono do armazém. E depois agir de acordo com isso, ajudar o dono do armazém, a família dele. A comunidade toda. O autoconhecimento é o início do caminho.

No caso do Jessé, ele precisa dizer para a sua irmã o que fez no hotel, passo a passo. Para mostrar a ela que sabe o que fez. Para iniciar o caminho, como você diz. Onde ele começa a descrição do que aconteceu no hotel? No momento em que ele sobe no palco?

Não, Brenda. Começa antes. Ele sobe no palco por quê?

Você é que diz.

Ele sobe no palco porque ela pede para ele subir ao palco. Ela faz com ele o que faz com todo mundo. Ela se põe na posição da vítima *antes* de acontecer. Aí quando acontece tem toda essa... Aí ela vai para o hospital. Ela faz questão do show todo, os esparadrapos. *Semanas.* Ela levou quantos golpes? Isso que você quer saber?

Continue.

Eu não tenho vergonha. É isso o que eu acho. Ela levou um golpe no peito. Levou um golpe no braço. Eu não aprovo nada disso. Eu sou acusado pela minha irmã há trinta anos e nunca levantei o dedo para ela. Eu estou no Império há quanto tempo e você pode perguntar... Vinte mil que pagam mensalidade, mais que isso já. A coerência. Agora, um cara como o Jessé, a cruz é dele. Ele fez a merda, pague pela merda. Eu não faria a merda, mas isso não significa... Eu também não preciso pagar ingresso para o showzinho da minha irmã.

Continue.

Eu não preciso achar que um corte no peito... Um machucado. É isso o que ficou? Um machucado no peito. O machucado no rosto nem existe mais. O machucado no braço nem na hora da surra... Você quer ver, duas semanas atrás eu machuquei o meu braço. Eu estava brincando com o meu filho menor, ele tem um patinete, eu fui me meter a tentar andar... Quando uma criança cai do patinete não acontece nada, ela pode bater a cabeça vinte vezes no asfalto, pá. Já um cara da minha idade. Eu poderia mostrar o meu braço para você também, quer que eu arregace a manga? Está todo machucado, *mais* do que o braço da minha irmã ficou. Eu *também* levei pontos. Mas, ai, a minha vida desde os catorze anos. Por favor. Você quer saber o que eu acho, é isso que eu acho.

Continue.

Eu acho que foi uma coisa ruim, mas ela está feliz que aconteceu. Ela saiu na imprensa. O mundo todo deu a notícia, você veio até o Brasil para isso. Cada machucado dela é um prêmio, até parece que você... As pessoas não *viram* os filmes dela? Não sabem que nesses filmes ela *pede* por isso? Os filmes já são o que a realidade virou depois. Você pede para apanhar num filme, aí depois apanha na vida real e monta um showzinho para dizer que é vítima... Você finge que é aquilo que é na verdade. Esse é o resumo, Brenda. A pessoa usa sexo para ganhar dinheiro, como se chama isso? Pode ser pornografia, pode ser na vida real. Isso não tem um nome? Essa profissão.

[...]

Uma prostituta que faz filmes fingindo que é prostituta, porque nos filmes ela age como prostituta. É o papel dela no filme. Aí gente como você vê o filme e acha que na verdade ela *não* é prostituta. Inteligente, hã?

[...]

Eu queria que alguém me dissesse qual o valor que inspirou

isso tudo. Qual a mensagem que está por trás de um filme pornô. Esse filme incentiva a prostituição ou é contra a prostituição? Incentiva a violência ou é contra a violência? Incentiva que uma criança pegue o celular e veja um negócio desses e pense o quê? Como fica a cabeça dessa criança? Como fica essa criança no meio da família dela? Como fica essa família? Isso que você planta no meio das famílias é bom ou ruim para a comunidade? Para a sociedade toda, o país. E tudo isso em nome do quê? Que valores a vaca prostituta está destruindo para se promover?

Uma última coisa que eu quero perguntar. Para a gente encerrar por hoje. Você deve estar cansado.

Eu não estou cansado.

Você não está, mas eu estou. Mais do que você imagina, Alexandre. Então para encerrar, já que você fala de perdão, ou transformação, isso vale para a Raquel também?

No caso dela não tem transformação nenhuma. Ela é a mesma coisa desde os catorze anos.

Eu falei de agora. Se a sua irmã procura você. Se ela quer entrar no Império, por exemplo, gravar um vídeo. Se ela quer que você participe do vídeo. Se ela pede perdão por tudo que você diz que ela tem que pedir, se admite que está errada em tudo, incluindo a surra.

Brenda, a gente não está num filminho de arte. Você não precisa mentir, eu não preciso mentir. A minha irmã é uma vaca prostituta de quarenta e seis anos. Ponto. Ela nem sabe mais *pensar* de outro jeito. Não existe perdão na vida dela, para os outros, para ela mesma. A vida dela é só o showzinho o tempo todo. O Big Brother da vaca prostituta.

Eu queria só ouvir de você, Alexandre. Esquece o Big Brother, vamos ficar só no que você chama de filminho de arte, de mentira. Mesmo na hipótese da mentira você fala a verdade, não? Você se orgulha tanto de só dizer a verdade. Então, se a sua irmã pede

perdão por todas as coisas que você diz que ela fez errado, o que você faz?
Você não sabe a resposta?
Eu sei, mas quero ouvir da sua boca.
Qual seria essa resposta?
Você que me diz.
Eu digo, Brenda, não tem problema. Mas você diz antes. Você tem que ir até o fim e dizer. Porque você está desde o início da entrevista mostrando de que lado está, e isso precisa aparecer no seu filminho. O que você acha que eu vou responder na verdade é a *sua* resposta, hã?
A minha resposta? Não, Alexandre, essa é a sua resposta. A sua resposta é que você nunca vai perdoar a sua irmã. Porque você depende de não perdoar. A sua vida é isso. Já que você falou que a sua irmã é igual desde os catorze anos, eu digo que você é igual desde os onze.
Claro.
Você vende a ideia de transformação, ganha dinheiro com isso, mas e você mesmo?
Claro. E você me conhece muito bem para dizer isso.
Eu conheço o suficiente. Basta ouvir você. Você depende dessas brigas, dessas campanhas contra pessoas, porque é aí que você ganha dinheiro. Prestígio. É por isso que você é um líder. Se mudar isso a sua imagem pública acaba. Você nunca pensou em ser político? A gente está em abril de dois mil e dezoito, em outubro tem eleição. Dá tempo, você já tem até programa eleitoral. Isso sempre funciona em política, ter um inimigo e jogar o eleitor contra ele. Criar uma identidade no eleitor com ataques ao inimigo. Quantos votos precisa para um deputado se eleger no Brasil?
Você quer saber a minha resposta? É simples. Ela está embutida na sua pergunta. Quem faz uma pergunta como você fez... A *hipótese.* Como se isso fosse um filminho de arte, você está me

entrevistando desde semana passada e não percebeu que eu cago para isso? Para o que as pessoas dizem que seriam, que iam fazer. Ai, a imaginação. Eu vivo na realidade. A minha vida sempre foi isso, comida na mesa. A escola dos meus filhos. O emprego das pessoas. Você quer que eu imagine como seria o mundo se a minha irmã não fosse uma vaca prostituta? Se ela não tivesse torrado a herança do meu pai. Se não tivesse feito a mãe odiar o próprio irmão. Se não tivesse roubado as joias da mãe. Se não tivesse me ofendido no enterro, na frente dos meus filhos. Se não tivesse feito um filme pornô com o logotipo do Império. E desse entrevistas falando do Império. E ofendesse todo mundo que é inscrito no Império. Dizer que o Jessé é um bandido, o cara que perdeu a filha, Brenda, você quer que eu repita tudo isso? Então não tem merda nenhuma disso. Se o céu caísse na minha cabeça eu ia me preocupar com o céu. Mas o céu *não caiu na minha cabeça*. A minha irmã *não é* uma outra pessoa. Ela não vai devolver as joias. Não vai tirar os filmes do ar. Não vai devolver o dinheiro que ganhou a vida inteira do banco e do museuzinho. Não vai desistir de ser artista, ou como você quiser chamar esses crimes todos dela.

[...]

Se a minha irmã pedisse perdão, ela não ia ser capaz de dizer por quê. E se por um acaso soubesse, se por um milagre ela viesse de joelho e dissesse, Alexandre, por favor... Se ela fosse capaz de aceitar tudo isso, de listar item por item de tudo o que fez. O Excel e tudo, uma lista que ia ocupar o seu filme inteiro, é isso o que você quer saber? Se depois de tudo isso eu perdoaria a minha irmã? Mas qual o sentido de dizer isso, Brenda? Você não está falando com uma hipótese. Eu não sou uma hipótese. A Raquel não é uma hipótese.

[...]

Você está cansada, Brenda, mas eu não estou cansado. Eu posso ficar até amanhã aqui. Posso fazer quantas sessões de entrevista você quiser, continuar sendo ofendido por você. Quer achar que me põe nesse papel, boa sorte, porque eu sei que não tem papel nenhum aqui. Isso é que importa. Quem diz a verdade. Eu não sou político, eu tenho nojo de política, mas se um dia eu resolvesse... Eu não acabei de dizer o que esses caras fizeram com o país? Sabe o que eu faria se fosse político e pudesse mudar isso? Esses caras que se preocupam em encher o bolso no governo, no Congresso, enquanto deixam que a *mentalidade*... As escolas. Os jornais. O museuzinho pago pelo banco. Todas essas merdas que mostram no celular de qualquer criança, enquanto os caras roubam deixam a bezerrada à mercê de gente como a minha irmã, então você pode ir para a puta que o pariu com o seu discurso, Brenda. Eu não mudei nada desde os onze anos? *Nisso* você está certa. Se você está falando de valores, eu acho que é isso que incomoda gente como você. Porque são esses valores que vocês querem atacar. Vocês acham que têm força para me destruir, mas sabe o que vocês são? Vocês acham que podem tirar alguma força dessa merda de mundo onde vocês vivem. Só que é um mundo vazio. É um mundo só de aparência, de dinheiro. É tudo estéril, vocês são todos cegos. Se você está na merda cega acha que o mundo todo é a merda cega.

[...]

O mundo não é isso, desculpa. Felizmente tem muita gente que quer enxergar. E para essa gente não é nenhuma vergonha eu estar aqui, vocês duas tentando me fazer o palhaço do filme. Por mim, continuem. Porque uma hora a armação aparece. O que mudou no mundo foi que hoje é possível combater essa armação. Tem tecnologia para isso, eu tenho condições de interferir nisso. O Império me respalda, o respeito que eu tenho das pessoas que vocês desprezam... Olha os números do nosso canal. A liderança que eles veem em mim, tudo só cresce, mesmo com a crise. O futuro é a verdade, Brenda. O futuro sou eu.

Raquel

Eu lamento saber disso. Tudo que você passou. Mesmo. Mas você continua falando de mim sem saber da minha história.
 Tem certeza? Você vai para o hotel agora, Brenda. Vai tomar banho, ligar para o seu produtor porque tem essa escolha. Eu não tenho.
 Só para eu saber, que escolha é essa?
 Jura que você não sabe. Olha para você, olha para mim. Eu não termino o expediente e vou para o hotel. Eu não converso com produtor nenhum sobre as dificuldades do meu trabalho. Eu não digo para o produtor, veja bem, eu não me sinto à vontade com esse trabalho. Eu não estou sabendo lidar com essa entrevistada. Você pode até desistir do filme porque não se sente *envolvida*, Brenda, porque não sente empatia por essa entrevistada tão difícil, qualquer palavra dessas que se usa num filme moderado e razoável.
 [...]
 No meu caso não existe nada disso. É tudo a mesma coisa, eu não tenho como desistir de nada porque o meu trabalho é a

minha vida. Se você nunca mais me procurar depois de hoje, não faz diferença. Amanhã eu dou outra entrevista. Como dei tantas antes e vou continuar dando. Então não seria uma pena para mim se a gente nunca mais se encontrar. Seria uma pena para você, Brenda. Você tem uma história como a minha na mão, é uma pena você se dar ao luxo de continuar sendo moderada e razoável.

Eu lamento por você, Raquel, mas não me dou ao luxo de nada. Eu tenho outra visão, só isso. Uma visão do que é contar uma história. Os efeitos disso para quem conta, mas não só para quem conta.

É o que eu estou dizendo.

Se eu contar a minha história do jeito que você quer que eu conte, essa história vai virar… Toda vez que eu faço um filme eu penso nisso. Toda vez que eu deito para dormir. Tem uma coisa que acontece quando a gente sonha…

Essa é a hora, não?

Como?

A hora da lição final. A última que você tem para dar, essas coisas que você bota nos filmes. A voz poética em off. As conclusões poéticas dos seus filmes, a poesia tolerante da cineasta Brenda Richter a favor do diálogo na Síria, na Hungria, na Venezuela. Você vai falar em *sonhos* para pregar o diálogo entre os extremos no Brasil. Vai usar uma *metáfora*, Brenda, que bonitinho.

Não, Raquel. Eu só vou para o hotel. Você tem razão, é uma escolha que eu tenho.

A que horas você vai ligar para o produtor?

[…]

Você chega ao hotel, toma banho, pede comida, e o que mais? Antes de ligar para o produtor e se queixar de como é difícil me entrevistar.

Uma coisa que você nunca vai entender. Não tem metáfora

nenhuma nisso. Você quer me ouvir falar da morte do meu marido, todos os detalhes, como se a dificuldade nisso... Você me diz para falar o nome dele no filme. Contar como deram a notícia. Como o meu marido levou o tiro. Como encontraram ele caído no meio da rua. Como roubaram a sacola com as compras dele, que compras eram. Não tem problema, eu posso falar disso tudo. Você acha que eu tenho medo e pudor, mas por que eu ia ter?

[...]

O nome do meu marido era Sandro. Quem deu a notícia foi uma pessoa que trabalhava na ongue. O Sandro estava passando na frente de uma loja onde teve um assalto. Na mesma hora o assaltante saiu da loja. O assaltante apontou a arma para o Sandro e o Sandro tentou conversar com ele antes de tomar o tiro, o assaltante fugiu, nunca souberam quem ele era, é isso que você quer que eu diga?

[...]

O Sandro tinha ido ao supermercado comprar comida. Era uma receita, os ingredientes para um prato que ele fazia. Um risoto de cogumelos. A receita tinha abobrinha, vinho branco. Um frango para fazer o caldo. Isso é que ele foi comprar e ficou no chão quando ele tomou o tiro. Isso é que viram nas sacolas quando foram cobrir o corpo. A pessoa que roubou as sacolas comeu isso algum dia, ou algo parecido com isso. Talvez não um risoto. Talvez um macarrão. Ou talvez o frango assado, a abobrinha e os cogumelos de acompanhamento. Por que você acha que eu tenho medo ou pudor de falar disso?

[...]

Eu não tenho medo ou pudor. Posso falar da morte. Da dor, da saudade. Ou do ódio mesmo, se você quer saber, eu senti ódio por muito tempo. O ódio quase me destruiu, ódio de tudo. Do tiro, de quem deu o tiro. Do Sandro por ter tentado conversar com quem deu o tiro. Do Sandro por ter tomado o tiro. Foi pelo menos um

ano vivendo só disso, ódio. Que nem você, Raquel. E eu até entendo que o ódio pode ter um lado bom. Se não é o ódio, eu caio numa cama e nunca mais levanto. Eu paro num hospício, corto os pulsos, mas com o ódio é diferente. O ódio é uma energia. Você se agarra ao ódio porque é o jeito de sobreviver.
[...]
O ódio ajuda você, mas não é seu amigo. Ele faz você ficar viciada. Ele muda a identidade da pessoa, essa que é a nossa diferença, Raquel, uma hora eu percebi isso. Uma hora eu decidi lutar contra isso. Aprender a lidar com isso, pelo menos. Você chama isso de perdão? Eu não sei se chamo. Eu não sei o que é perdão de verdade, mas foi isso que eu consegui para a minha vida. Foi isso o que me fez virar documentarista. O jeito de eu transformar esse ódio, que era uma coisa só minha, esgotada em mim, numa coisa que pode ser maior que isso.
[...]
Qual o problema de falar da história do Sandro? Afinal, todo mundo sabe. A história saiu na imprensa, o detalhe das sacolas de compras, tudo. A relação que eu faço entre essa história e os meus documentários, todo mundo sabe. Eu dediquei os meus documentários todos ao Sandro. Foi disso que eu falei quando ganhei os prêmios que você diz que eu não mereci, e daí?
[...]
Talvez você tenha razão, eu não mereço os prêmios, mas você não entendeu os discursos que eu dei. Nos discursos eu disse duas coisas, você só entendeu uma. Eu disse que os documentários tratam de questões que têm a ver com a morte do Sandro. Isso talvez soe moderado, e daí? É a verdade. Nesse nível é isso mesmo. São questões públicas. Os temas públicos que uma morte assim envolve. O ódio que se transforma em política pública. A vingança que se transforma em política pública. A violência é uma coisa pública, a empatia com quem sofreu por causa disso, qual o problema?

[...]
Você acha que tudo envolve só esse nível, eu não vejo problema nenhum. Como falei, o verniz é o que dá para mudar. Se uma pessoa assistir aos documentários e perceber alguma coisa que pode ser mudada, uma lei sobre crime, uma decisão de governo sobre violência urbana, um costume, qualquer coisa para mim já está bom. Eu acho isso mais relevante do que remoer o que eu senti e sinto dentro de mim sobre a morte do Sandro. Ou sobre o Sandro.
[...]
Eu tinha uma relação com o Sandro. Você disse que nunca teve relação com ninguém. Eu lamento, de verdade, acho triste, mas isso não apaga que nas relações existe... Como você quer chamar isso? Intimidade? Humanidade? Como ia ser o jantar com o Sandro no dia em que ele morreu? Eu posso falar da receita do risoto. Eu gostava desse risoto dele. Eu nunca mais comi esse risoto depois da morte dele. Nunca mais fiz um monte de coisas que fazia com ele, por causa dele. Quando uma pessoa morre leva junto essas coisas, os hábitos. As piadas. Os apelidos que você usa. As coisas que você aprendeu a sentir de um jeito. Essa pessoa morre e leva junto a sensação que você tinha quando estava com ela. Você está junto com a pessoa e ela é uma testemunha de coisas suas, traços que só existem por causa da pessoa. Traços bons, ruins, não importa. Generosidade, egoísmo. Coragem, medo. Amor, ciúme. Isso eu nunca mais tive depois do Sandro, não do jeito como ele fazia eu ter. Eu tentei ter relacionamentos depois, mas nenhum deu certo, então é parecido com você. E daí? O que eu fiz a partir disso? O que você fez?
[...]
Eu posso falar do que o Sandro e eu íamos fazer em casa naquele dia. Isso tudo é verniz também, eu e ele jantando. As palavras de um para o outro. As expressões no rosto dele que eu conhecia. O barulho para comer, o jeito como ele segurava os talheres,

mas tem uma coisa maior por baixo disso tudo. Uma coisa que está além disso. Quando eu fecho os olhos para dormir, até hoje isso acontece, não sempre, mas ainda acontece. Quando eu sonho não existe a palavra receita, *a palavra* risoto, *existe uma sensação que é a mesma que eu tinha com ele. Como se não existisse passado, presente. Como se o tempo fosse uma coisa que se repete, o mundo que termina e começa e termina de novo e começa de novo. Eu não quero falar dessa sensação porque aí as palavras viram a sensação, dá para entender? Isso não tem nada a ver com sexo, com masturbação, qualquer dessas iscas que você joga para me provocar. Você pode passar o resto da entrevista me provocando com isso, mas eu não caio porque a sensação de intimidade é o lugar mais sagrado para mim. Nessa intimidade não entra palavra nenhuma. Não entra nenhuma ideia externa. Não entra ódio, vingança. Não entra política. Se você quer discutir militância, quem sabe isso não faz parte da* minha *militância? Os meus documentários não nomeiam essa sensação. Eles não transformam a sensação nas palavras de ordem que eu vou usar. Eles não deixam que eu perca a sensação para as palavras de ordem da política, não me transformam em alguém incapaz de ter esse espaço só meu. É nesse espaço só meu que eu supero o ódio, dá para entender? É uma resistência, o que me faz continuar sendo humana, uma pessoa real, não um tipo que representa alguma grande ideia externa cheia de palavras de ordem.*

[...]

É a mesma coisa com os meus entrevistados. Pode ser na Síria, na Hungria, na Venezuela, eu nunca liguei a câmera para invadir esse espaço. Para tirar a humanidade dessas pessoas. Para tirar delas o direito de viver além do ódio. Essas pessoas falam sobre fatos horríveis, sentimentos horríveis, ódio também, sim, o ódio foi o que destruiu os lugares onde elas vivem, mas elas escolhem *aquilo que querem falar. Por baixo do que elas falam eu sei que existe esse outro espaço. Um espaço que só diz respeito a elas e as pessoas que elas perderam, as coisas que elas perderam, os sentimentos que elas preferem manter para elas mesmas.*

[...]

É nesse espaço que elas sobrevivem como seres humanos, não nas opiniões delas sobre ódio e política. Você não acredita que esse espaço exista. Você nunca deixou que ele existisse em você mesma. Você nunca vai manter o seu sonho intacto, qualquer sonho que seja. O tempo todo você interfere no sonho trazendo o que está fora para dentro dele. Tornando tudo um mero discurso, uma bandeira. Um reflexo.

Quer saber qual é o meu sonho?

Você pode não acreditar, Raquel, mas eu não desprezo o seu discurso. O seu discurso é importante e merece ser conhecido. Você é uma personagem importante que deve ser ouvida nesse nível público. Eu só estou dizendo que em outro nível, que não é esse do que deve entrar num filme, que não é uma discussão sobre violência, sobre ódio, sobre política, nesse outro nível eu não tenho tanto interesse em você.

Eu sei disso.

Na verdade, eu não tenho nenhum interesse. Você representa aquilo que eu não sou e não quero ser. Porque você não é nada além do que você diz que é.

Eu sei disso. Mas eu perguntei se você quer saber do meu sonho. O meu sagrado espaço de intimidade, esse é um nome bom para isso? Um nome solene o suficiente. Você conhece a palavra *beletrista*? O seu português é tão perfeito, claro que você conhece. Porque é disso que a gente está falando, olhar para um incêndio e não querer falar do incêndio. Achar óbvio demais mostrar as vítimas se jogando pela janela. Direto demais, vulgar demais. Não, muito melhor é fazer uma metáfora poética sobre o conceito de incêndio, não é mesmo? Que pode ser, veja bem, até o *contrário* de um incêndio. Quem sabe um filme sobre o mar azul. Um filme sobre pessoas vivas na água, quem sabe, para falar de pessoas mortas no fogo.

[...]

Se para contar a história da minha vida eu tiver que falar de coisas que não têm a ver com a minha vida, é isso o que eu estarei fazendo. Beletrismo, apenas isso. Metáforas poéticas são beletrismo. Moderação razoável é beletrismo. Você sabe por que eu decidi deixar de usar meninos de rua, imagens de empregadas negras servindo patrões brancos, todas as outras fotos, colagens, performances que eu usei nesses tantos anos de carreira, para fazer só filmes pornográficos?

[...]

Nos filmes pornográficos eu deixei de usar outras pessoas como figurantes de uma história que é só minha. Ao contrário de você, Brenda, que sempre fez isso e quer continuar fazendo. As pessoas na Síria, na Hungria, na Venezuela, eu agora no Brasil, todos figurantes na tragédia sensível de quem perdeu o marido e não quer expor a intimidade sagrada da sua relação com ele. Que pena, mas eu não me presto a ser essa figurante. Você não vai enfeitar a minha fala com a liçãozinha final sobre sonhos. O toque final redentor, a vozinha em off com a metáfora poética esperançosa sobre a intimidade que transforma porque essa é a base do diálogo entre contrários. A não contaminação da intimidade, a paz que pode vir daí, é isso? Paz para quem?

[...]

A pornografia não tem espaço para metáforas poéticas. As pessoas tentaram enxergar algumas nos meus filmes, acho que elas fizeram isso pelo hábito da bajulação. Você deve ter lido esses textos, a crítica, os sabichões acadêmicos, como é fácil dizer poeticamente que uma gorda apanhando não é bem uma gorda apanhando. Eu li os textos dessa gente quando fiz Vaca Mocha

Quarenta e Quatro, Vaca Mocha Quarenta e Cinco. Eu poderia ter feito mais quinze filmes desses, e deixar essa gente vendo neles a mentira poética que quisessem. Eu poderia continuar sendo o veículo da tolerância, da diversidade, e isso continuaria sendo lucrativo porque eu poderia vender esses trabalhos como vendi tantos outros. Para o Banco Pontes, inclusive, porque além do patrocínio o Banco Pontes sempre foi um bom comprador de coisas minhas. Veja só a vantagem que eu teria, mas sabe o que eu fiz no fim? Eu fiz o Vaca Mocha Quarenta e Seis. Eu dei as entrevistas que você conhece sobre o Vaca Mocha Quarenta e Seis. As entrevistas que levaram ao Hotel Standard, ao próprio Banco Pontes.

[...]

Talvez você possa fugir disso, Brenda, porque quem olha para você consegue também. A beleza tem esse efeito. A magreza. A pele branca. Os olhos azuis de europeia. É um efeito curioso, gente como você fala muito de *apagamento social*, de como é fácil não enxergar os que têm uma aparência diferente, negros, índios, uma gorda de cento e trinta quilos, mas na verdade é o contrário. É por *ter* uma aparência aceita que a pessoa se torna invisível. Você pode fazer um documentário sobre qualquer tema relacionado à sua aparência europeia, e esse documentário vira uma metáfora sobre qualquer tema que *não seja* essa aparência. Já uma gorda de cento e trinta quilos que faz um filme sobre sexo, por causa e consequência do que o mundo fez e faz com a sexualidade dela, está falando do quê? Que sagrado espaço da minha intimidade eu deveria preservar quando mexo com pornografia? O que eu *não* deveria dizer nas entrevistas a respeito dos meus filmes, no momento em que eu conto a minha história? Como eu deveria preservar a minha essência humana sagrada, onde está essa essência fora do meu corpo, já que o meu corpo é causa e consequência de tudo nessa história?

[...]
Quando alguém mexe com pornografia sabe onde está entrando. Eu nunca mais vou ser citada sem que lembrem os filmes da Vaca Mocha. Sem que eu seja a vaca que fica pelada nos filmes. E que apanha nos filmes. E que por causa desses filmes ficou pelada no hotel. E por causa disso apanhou no hotel. As pessoas dizem que eu escolhi fazer esses filmes para me vingar do meu irmão, mas se esquecem de que na verdade esses filmes são o contrário. Esses filmes foram a chance que eu dei para o meu irmão se vingar.
[...]
Quando eu fiz Vaca Mocha Quarenta e Seis, sabia que estava trazendo a milícia *ainda* mais para perto. E desculpa insistir nisso, é aí que eu provo de novo que tudo é uma história só. Eu botei os atores vestindo a camiseta do Império para remoer a minha história, como você diz, mas eu não tenho como contar a minha história sem contar a história do Império. O Império é o meu irmão. São os vídeos que ele gravou sobre mim depois da morte da minha mãe. É o processo das joias. É o modo como ele me usou para se promover ainda mais no meio da milícia, para virar o grande líder miliciano do futuro. O meu irmão comanda a milícia que ameaça as pessoas na porta do museu, que queima livros nas escolas, que é contra a ciência, a arte, a liberdade, e se eu falar do que ele fez comigo a vida inteira eu não estou falando também *disso*?
[...]
Eu não vou subir num palco de hotel e dar um discurso poético sobre isso. A realidade está na minha frente, na frente da plateia, essa gente muito ciosa do problema grave da violência brasileira, de todos os outros problemas graves do mundo, então quem sabe está na hora de tomar uma atitude. A plateia vê os milicianos em todo lugar, não precisam ser só os milicianos do

Império, o país virou uma federação de milicianos que ameaçam as pessoas, o futuro dos filhos dessas pessoas, e como resposta essa gente quer poesia num seminário de hotel de luxo?
[...]
Gente que tolera a artista de cento e trinta quilos que faz pornografia, mas não a ponto de defender a artista quando ela apanha por causa da pornografia.
[...]
Gente que assistiu à surra sem fazer nada. Que leu a nota do Banco Pontes e não disse nada. Que achou poético o Banco Pontes dizer que o meu comportamento é que foi inadequado em cima do palco.
[...]
Gente progressista que é financiada pelo Banco Pontes também. Ou por entidades iguais ao Banco Pontes. Essas entidades controlam todo o espaço da cultura do país, elas subornam o meio cultural nas artes, no cinema, na literatura, enfim, você sabe disso tudo, Brenda, então eu pergunto como eu vou esperar de alguém nesse meio algo melhor que silêncio quanto à nota do banco?
[...]
Gente que não percebe que o patrocínio do banco é só uma migalha. A consolação porque a política geral do banco é de apoio às milícias, ao obscurantismo. Sempre foi assim, sempre vai ser nas horas decisivas, basta ver a história do Brasil. Cada ataque à democracia. Golpe de sessenta e quatro. Golpe de dois mil e dezesseis. Cada momento de violência, de barbárie. Eu apanhando no hotel, e como esse banco reage? Como os progressistas da cultura reagem? Eles silenciam quando sofro críticas *porque apanhei*. Quando dizem que eu estava *provocando* no hotel, que eu não tinha sido moderada e poética no discurso do hotel. Que eu sou egoísta, alienada, que fui infantil quando tirei

a roupa no hotel, e fiz no hotel a mesma coisa que faço no meu trabalho.

[...]

Você pode achar o que quiser de mim, Brenda, mas isso não muda uma coisa objetiva. Eu apanhei na frente de seiscentas pessoas. Eu quebrei o nariz. Eu levei pontos. O meu corpo ficou cheio de hematomas. Eu tenho uma cicatriz no peito. O meu irmão pode dar todos os motivos do mundo para ter feito isso, mas o fato é que ele *fez* isso. Quem fez foi *ele*. Quanto a mim, quem eu agredi no fim das contas? Objetivamente. Com as marcas físicas e tudo.

[...]

Pense no que seria o mundo com alguém como eu no comando. Agora pense no que seria com alguém como o meu irmão. De qual cenário você tem mais medo? Medo físico, emocional. Pessoas como as do hotel Standard vão continuar assistindo a isso. Os críticos vão continuar assistindo. Os sabichões acadêmicos, os artistas poéticos atrás de uma migalha de algum banco em troca do silêncio. Uma surra, duzentas surras. Os milicianos no comando do mundo, e essa plateia parada à espera de alguma metáfora poética sobre a milícia que equivale ao silêncio sobre a milícia.

[...]

Você quer discutir transformação, não tem problema, eu falo disso também. Qual foi a paz que encontrei no sagrado espaço da intimidade para lidar com isso. A minha vida inteira que foi buscar essa paz. Agora, foi a *minha* busca, não a busca que os outros quiseram. Eu paguei o *meu* preço, não o que os outros quiseram que eu pagasse. Você pode achar que isso é alienado e infantil, mas foi isso que salvou a minha vida. É como eu resisti ao impulso de terminar com tudo, tantas vezes, que nem você,

Brenda, a sensação de que eu ia cair numa cama ou parar num hospício ou então ia me destruir sozinha.

[...]

Como aconteceu com você, Brenda, foi o trabalho que me salvou. Só que a busca desse trabalho nunca foi a de me adaptar ao mundo. Isso eu deixo para você, a pacificação interior e tudo. A humanidade. Da minha parte, eu olho para essa humanidade e *não* quero me adaptar. Eu não quero ser uma humanista moderada e razoável. Não vou propor conciliação poética. Não vou perdoar ninguém. Não vou mudar o meu corpo, o jeito como penso, como digo isso e por isso acabo sempre no mesmo lugar. Eu vou continuar dizendo, de novo, e de novo e de novo e de novo, enquanto eu estiver aqui. O meu irmão pode virar o chefe das milícias do universo, e eu vou seguir contando a história que mostra quem eu sou e quem eles são. Eu sou o efeito do que eles fizeram para serem quem são. A lembrança viva disso. Em dois mil e dezoito e daqui para a frente. Eles são o futuro, mas o futuro também sou eu.

Agradecimentos

Além dos meus editores Emilio Fraia e Luiz Schwarcz, agradeço aos que tiveram a generosidade de ler versões anteriores deste livro, de me ajudar a entender o universo dos personagens e criar determinadas cenas: André Conti, Alexandre Mello, Angélica Vitorino, Anya Cardoso Teixeira, Bruno Paes Manso, Liana Machado e Nathalia Lavigne.

Também agradeço à casa internacional da literatura Passa Porta, de Bruxelas, que me acolheu em seu programa de residência para escritores no fim de 2018.

1ª EDIÇÃO [2020] 1 reimpressão

ESTA OBRA FOI COMPOSTA EM ELECTRA PELO ESTÚDIO O.L.M./ FLAVIO PERALTA
E IMPRESSA EM OFSETE PELA GRÁFICA SANTA MARTA SOBRE PAPEL PÓLEN SOFT
DA SUZANO S.A. PARA A EDITORA SCHWARCZ EM JANEIRO DE 2021

A marca FSC® é a garantia de que a madeira utilizada na fabricação do papel deste livro provém de florestas que foram gerenciadas de maneira ambientalmente correta, socialmente justa e economicamente viável, além de outras fontes de origem controlada.